चुनी हुई
बाल कहानियाँ

प्रभात प्रकाशन, दिल्ली

चुनी हुई
बाल कहानियाँ
सं. रोहिताश्व अस्थाना
भाग-2

प्रकाशक • **प्रभात प्रकाशन प्रा. लि**
4/19 आसफ अली रोड,
नई दिल्ली–110002

संस्करण • 2025
मूल्य • पाँच सौ रुपए (प्रति खंड)
एक हजार रुपए (सैट)
मुद्रक • नरुला प्रिंटर्स, दिल्ली

CHUNI HUI BAL KAHANIYAN (Selected Stories for Children)
by Dr. Rohitashva Asthana Vol. II ₹ 500.00
Published by Prabhat Prakashan Pvt. Ltd., 4/19 Asaf Ali Road, New Delhi-2
e-mail: prabhatbooks@gmail.com ISBN 978-93-5186-540-7 (द्वितीय खंड)
ISBN 978-93-5186-541-4 (दो खंडों का सैट)

बालकथा-क्रम

स्कूल में अन्ना

—मुकेश नौटियाल

तीन वर्ष बीत चुके। अब अनायास ही परिस्थितियाँ मेरे परिवार के ऊपर कहर बरपाने लगीं। मालूम नहीं कैसे सबकुछ बदल गया। व्यवसाय कर रहा मेरा अनुज हजारों का घाटा सहने के बाद धंधा बंद कर घर बैठ गया। दो छोटे अनुज, जो आज भी अध्ययनरत हैं, अपनी कक्षाओं में अपेक्षित सफलता प्राप्त न कर निराश हो गए। घर की एकमात्र संरक्षक मेरी माँ बीमार हो गई। हमारा शानदार परिवार भाग्य की विडंबनाओं का शिकार हो गया। परेशानियाँ असंख्य थीं, पर समाधान एक भी नहीं। लगता था, जैसे सब टूटकर बिखर जाएगा; लेकिन इससे पहले फुट भर का अबोध अन्ना मानो विधाता का प्रतिरूप बनकर हमारे घर में अवतरित हो गया।

नई पीढ़ी का पहला सदस्य अन्ना हुआ। उसके जन्म लेते ही घर में खुशियाँ भर गईं। समय प्रतिकूल था—प्रतिकूल ही रहा; लेकिन अन्ना के आगमन ने घोर निराशा के बीच आशा की एक स्फुलिंग पैदा कर दी थी। वही एक चमक मेरी दम तोड़ती माँ के लिए जीवनदायिनी सिद्ध हुई। उस एक घटना ने मुझको, मेरे दो अग्रजों और तीन अनुजों को आशावादी बना दिया। अब लगने लगा था कि दुश्चिंताओं और तनावों के बीच किसी छोर पर एक निश्छल हँसी भी मौजूद है।

सचमुच, उम्मीद पर दुनिया कायम है। हमारी उम्मीदें सच साबित हुईं। अन्ना हमारे लिए खिलौना बन गया। आश्चर्यजनक रूप से मरणासन्न माँ चंगी हो गई। अन्ना की मम्मी यानी मेरी भाभीजी अध्यापिका हैं। उनकी नौकरी के चलते अन्ना माँ के भरोसे रहा। उसको नहलाना, खाना

खिलाना, सुलाना और लोरियाँ सुनाना आदि काम माँ ने सँभाल लिये। महँगी दवाएँ अन्ना के होंठों की उस मुसकान से ईर्ष्या करती होंगी, जिस मुसकान के प्रभाव में आकर माँ बिस्तर से उठी ही नहीं, बल्कि खिलखिलाकर हँसने भी लगी।

अन्ना के पिताजी अर्थात् मेरे ज्येष्ठ भ्राता सीमा सड़क संगठन की विकट नौकरी के चलते सुदूर अरुणाचल प्रांत के सीमांत इलाके में तैनात थे। वह अन्ना को मास-दो मास से अधिक समय नहीं दे पाए, अलबत्ता हम पाँच भाई अन्ना से जैसे बँध गए थे। अपने-अपने स्वभाव और प्रवृत्ति के अनुरूप हमने अन्ना को प्रशिक्षित करना शुरू किया। छुटके राजू ने अन्ना को खूब शरारत करना सिखाया। अनुज बंटी ने उसे क्रिकेटर बना दिया। गुड्डू उसे सभ्य समाज के तौर-तरीके सिखाने लगा, जबकि संस्कृत और ज्योतिषशास्त्र के विद्वान् अग्रज मनोज उसे भजन और मंत्र आदि सिखाने लगे। मैंने अन्ना को कहानियों का गंभीर श्रोता बना दिया। सुनते-समझते बहुतेरी कहानियाँ उसे मुँहजबानी याद हो गई थीं।

तीन वर्ष में ही अन्ना में अभूतपूर्व विकास हुआ। गाँव के सुरम्य वातावरण में पाँच चाचाओं, दादी और मम्मी का प्यार-दुलार बटोरता अन्ना तीन साल का हुआ; लेकिन वे सब बातें नहीं सीख सका, जो सभ्य समाज के बच्चों की पहचान मानी जाती हैं। प्रकृति के अनुरूप वह बन गया, परंतु महानगरों के अनुरूप नहीं बन सका। अन्ना के पापा इस बात से असंतुष्ट थे। वे चाहते थे कि अब अन्ना को लगाम दी जाए, अन्यथा वह जिद्दी होकर बिगड़ जाएगा। फिर क्या था! योजना बन गई। अन्ना को भाभीजी के साथ गाँव से दूर स्कूल में भेज दिया गया। तीन साल पहले समय जहाँ रुका था, पुनः वहीं से शुरू हो गया। माँ फिर बीमार हो गई। बेरोजगार अनुज, जो अन्ना की उपस्थिति में घर से मुस्तैद होकर बँधे थे, बाजारों-सड़कों में रात-रात तक घूमने लगे। घर खाली हो गया। दीवारों पर सिर टकराती माँ की सिसकियाँ वहाँ शेष बची थीं।

अन्ना को गए कई मास बीत गए। उससे जुड़े प्रसंगों की चर्चा कर हम देर रात तक जागते रहते थे। बंटी तो धैर्य खोकर कई बार अन्ना के पास हो आया था। एक रोज मैंने भी तय किया कि अन्ना की सुध ली जाए।

26 जनवरी को मैंने यात्रा शुरू की। उस दिन दफ्तर का अवकाश था। मौसम के मिजाज ठीक नहीं लगते थे। आकाश में उमड़ते-घुमड़ते घने बादल आपस में टकराकर भयंकर गड़गड़ाहट कर रहे थे। श्रीनगर से ज्यों ही मैं गाड़ी में बैठा, जोरों का पानी बरसने लगा। कलियासौड़ तक गाड़ी बद्रीनाथ के मुख्य मार्ग पर ही चलती रही। कलियासौड़ से एक कच्चा मार्ग कटता है। उस मार्ग पर हिचकोले खाती गाड़ी मीलों का सफर तय करने के बाद एक छोटे से पहाड़ी कस्बे पर आकर रुक गई। अन्ना के स्कूल तक पहुँचने के लिए इस कस्बे से सात किलोमीटर का कच्चा और पैदल मार्ग शुरू होता है। अपना पिट्ठू कंधे पर लटकाए मैं पैदल मार्ग नापने लगा।

अब यात्रा कठिन थी। रास्ता एकदम वीरान और निर्जन था। कहीं उफनते नाले थे तो कहीं गहरी खाइयाँ थीं। रास्ते में कहीं-कहीं इक्का-दुक्का मकान दिख जाते थे, परंतु बरसाती मौसम और कड़ाके की ठंड के चलते वे मकान भी जनविहीन नजर आते थे। खिड़कियों से निकलते धुएँ का गुबार संकेत देता था कि लोग चूल्हों पर बैठे आग ताप रहे थे। मार्ग के आस-पास वर्षा के कारण भीग चुकी गायें मुझे टकटकी लगाकर देख रही थीं। संभवत: उस मौसम में एक अकेले राही की चढ़ाई नापते देख वे आश्चर्य प्रकट कर रही थीं—

छह किलोमीटर का रास्ता नापने के बाद सामने की पहाड़ी पर एक गाँव नजर आया। सुबह से बरस रहा पानी अब थम गया था और छितरे बादलों के बीच से सूरज ताका-झाँकी शुरू

करने लगा था। पहाड़ियों पर जमी बर्फ चमकने लगी थी। एकदम सामने तपस्वी की मानिंद खड़ा हिमालय मानो अपनी दृढ़ता पर गौरवान्वित हो रहा था। प्रकृति का वह मनोरम रूप देख मैं प्रफुल्लित हो उठा।

लंबी पैदल यात्रा के बाद अंततः मैं उस गाँव में प्रविष्ट हो गया, जहाँ अन्ना का बसेरा था। मेरी भाभीजी गाँव की प्राथमिक पाठशाला में प्रधानाध्यापिका थीं और अन्ना उन्हीं के साथ विद्यालय में रहता था। गाँव से विद्यालय कोई दो सौ मीटर दूर स्थित था। विद्यालय से लगे दो मकान थे; परंतु उनमें न कोई बच्चा रहता था, न ही उनके सदस्य बड़ी संख्या में थे कि अन्ना को खेलने-बोलने का सहारा मिलता। एक मकान में एक अकेली औरत रहती थी, जिसके पति फौज में थे और दूसरे मकान में एक बूढ़े दंपती रहते थे।

मैं विद्यालय तक पहुँच गया। साँझ ढलने लगी थी और वर्षा के पानी से धुली चोटियाँ लाल प्रकाश में नहा रही थीं। विद्यालय का अहाता शांत था। चारों ओर से अखरोट के पेड़ों से घिरा विद्यालय भवन सूना-सूना सा लगता था। पंछियों के कलरव के बीच एक मासूम स्वर सुनकर मेरे कान खड़े हो गए। मैंने चारों ओर दृष्टि दौड़ाई। दूर मुँड़ेर पर मेरी ओर पीठ फेरकर बैठा एक बच्चा अपने में ही कुछ बड़बड़ा रहा था।

मुझे विश्वास था कि यह अन्ना नहीं हो सकता। अन्ना इतना शांत कभी हो ही नहीं सकता। वह अन्ना जिसकी शरारतों से तंग आ चुके घर के सदस्यों ने उसको मम्मी के साथ विद्यालय में भेजने की व्यवस्था की—कुछ ही महीनों के अंतराल में यों खामोश नहीं हो सकता। भागता, उछलता, गिरता, उठता, चोट खाता, रोता, हँसता अन्ना अनायास ही यों शांत होकर नहीं बैठ सकता।

फिर वह कौन था ?

धीरे-धीरे कदम बढ़ाता मैं उस मुँड़ेर की ओर बढ़ने लगा। बच्चा अभी भी बड़बड़ाता जा रहा था। अस्पष्ट स्वर अब साफ-साफ सुनाई देने लगे। अखरोट के बेजुबान पेड़ों से वह कह रहा था, ''चाचा, जब मैं घर आऊँगा तब तुम्हारे लिए ढेर सारी टॉफियाँ लाऊँगा। मैं संतरे भी लेते आऊँगा। पर तुम दादी को परेशान मत करना। दादी को परेशान करोगे तो मेरे पापा तुमको भी यहाँ छोड़ देंगे। इस स्कूल में तो केवल मम्मी है। तब तुम किसके साथ खेलोगे ? मम्मी काम पर लगी रहेगी और तुम चुपचाप बैठे रहोगे मेरी तरह। दादी को तंग मत करना। किसी को तंग मत करना।''

अंततः भ्रम टूट गया। धुँधली तसवीर साफ-साफ नजर आने लगी। वह शांत-क्लांत बच्चा...बेजुबान पेड़ों से बतियाकर अपनी पीड़ा उगलता वह बच्चा...हताश और निराश वह बच्चा अन्ना ही था। उस समय उसकी गोल-मटोल देह में मुझे बेड़ियों से जकड़े बचपन की

समूची वेदना नजर आई। उसकी उदासी से साक्षात्कार कर मेरी आँखों से आँसू फूट पड़े।

अपनी शरारतों का दंड भोगता अन्ना अखरोट के पेड़ों को चाचाओं का मूर्त रूप मानकर हिदायत देने लगा था, "किसी को परेशान करोगे तो मेरी तरह स्कूल में पटक दिए जाओगे।"

"अन्ना…" मैंने उसकी तंद्रा भंग की। घूमकर उसने मेरी ओर देखा, मस्तिष्क पर जोर डाला, फिर कुछ समझकर आश्चर्य प्रकट करते हुए पुतलियाँ फैलाईं और बाँहें पसारते हुए मेरी ओर दौड़ा। मैंने उसको अपनी छाती से लगा लिया। इस बीच भाभीजी भी वहाँ आ गईं। अन्ना के साथ मैं दो दिन रहा। उसके साथ सोया, उसी के साथ हँसा और बोला।

भाभीजी ने अन्ना के बारे में एक रोचक प्रसंग सुनाया। उनके अनुसार, स्कूल में पहुँचकर अन्ना कई दिनों तक उदास रहा। उसने खाना भी नहीं खाया और झुँझलाता रहा। वह एक भरे-पूरे परिवार के बीच से उठाकर वीरान विद्यालय में लाया गया था। बार-बार वह वापस दादी के पास लौटने की जिद करता रहा। परेशान होकर भाभीजी ने उसकी कोमल भावनाओं को बहलाने के लिए एक नया तरीका ढूँढ़ निकाला। उन्होंने अन्ना को समझाया कि विद्यालय के अहाते में खड़े अखरोट के बेजुबान पेड़ ही उसके चाचा हैं।

संयोग से वहाँ कुल छह पेड़ थे, जिनमें से ठूँठ बन चुके एक बूढ़े पेड़ को अन्ना ने दादी मान लिया और शेष पाँच पेड़ों को पाँच चाचा। पहले-पहल अन्ना ने यह सब स्वीकार नहीं किया; परंतु जब कोई दूसरा विकल्प नहीं मिला तो उसने बेजुबान अखरोट के पेड़ों को ही दादी और चाचा का मूर्त रूप मान लिया।

अब ये पेड़ ही अन्ना के संगी हैं। शाम को जब वह एकदम अकेला होता है, तब इसी मुँड़ेर पर बैठकर वह अखरोट के पेड़ रूपी चाचाओं से बतियाता है। घंटों तक वह बोलता रहता है और बेजुबान पेड़ चुपचाप सुनते रहते हैं, कोई प्रतिक्रिया नहीं करते। बीच-बीच में वह बूढ़े अखरोट से तमाम शिकायतें दर्ज करवाता है—ठीक उसी तरह जैसे गाँव में दादी से करवाता था।

मैं वापस लौट आया। अन्ना का उदास चेहरा बार-बार मेरे अंतस को झिंझोड़ता है। सोचता हूँ, कितने भाग्यशाली हैं स्कूल के अहाते में उगे वे पेड़, जिन्हें अन्ना अपना चाचा मान बैठा है! कितने दुर्भाग्यशाली हैं हम जिनके जीते-जी बेजुबान पेड़ हमारी जगह ले चुके! मालूम नहीं, कितने अन्ना माँ-बापों की आकाश चूमती महत्त्वाकांक्षाओं का बोझ ढोते निर्जन विद्यालयों में अपने कोमल बचपन को कैद किए घुट रहे होंगे!…

हवा का रंग

—मो. अरशद खान

इकहरा शरीर, गोरी रंगत, बड़ी-बड़ी आँखें और आँखों में झाँकती जिज्ञासा। यही रूप था अब्दुल का। वह कक्षा नौ में पढ़ता था। वह अपनी उम्र के अन्य लड़कों से बिलकुल अलग था। जिस समय उसके दोस्त गोली-कंचे, गुल्ली-डंडा या पतंगबाजी में व्यस्त रहते, उस समय वह जंगलों में भटक रहा होता। मैना के गीत सुन रहा होता, कोयल के साथ सुर में सुर मिला रहा होता या बुलबुल के साथ चहक रहा होता। प्रकृति की एक-एक चीज उसके लिए कौतूहल से भरी थी। नन्ही चींटी अपने से भारी चीज कैसे उठा लेती है ? बया तिनके-तिनके जोड़कर सुराहीनुमा घोंसला कैसे बना लेती है ? उसके लिए सभी कुछ आश्चर्यजनक था। वह घंटों बैठकर प्रकृति को निहारा करता।

एक दिन जंगल में घूमते-घूमते उसे लगा कि शांत खड़े बाँसों की पत्तियाँ अनायास ही हिलने लगी हैं। झुरमुट से 'सूँ-सूँ' का शोर होने लगा है, जैसे मस्त होकर गुनगुना रहा हो। बाँस तो निश्चल थे, किंतु पत्तियाँ फड़फड़ा रही थीं, जैसे उखड़कर अलग हो जाना चाहती हों। सूखी पत्तियाँ टूट-टूटकर उड़ी जा रही थीं।

"अच्छा, तो यह छेड़छाड़ हवा कर रही है।" अब्दुल बुदबुदाया। बाँसों को गुदगुदाकर हवा भाग गई। झुरमुट फिर सूना हो गया। पत्तियाँ उदासी से लटक गईं। अब्दुल चारों ओर देखने लगा, हवा न जाने कहाँ गायब हो गई थी।

अब अब्दुल का जिज्ञासु मन व्याकुल हो उठा। वह हवा को देखना चाहता था, लेकिन हवा भला कैसे दिखती ! चारों ओर जंगल फैला था, छोटे-बड़े पेड़, झाड़-झंखाड़ फैले थे। ऊपर स्वच्छ

आकाश था, नीचे सूखे पत्तों से अँटी जमीन थी। सबकुछ था, पर हवा कहीं दिख नहीं रही थी। अब्दुल हवा देखने के लिए बेचैन हो उठा।

अचानक दूर खड़ा ऊँचा शीशम का पेड़ लहराया। उसकी डालें झूमीं तो गोल-गोल सिक्कों जैसी पत्तियाँ चारों ओर बिखरने लगीं। अब्दुल को लगा कि शीशम का पेड़ उसकी मूर्खता पर हँस रहा है। भला हवा को भी कोई देख पाया है! अब्दुल ने ठान लिया कि वह हवा को देखकर रहेगा। वह शीशम की ओर दौड़ा और उसके तने को पकड़कर चढ़ने लगा। अभी वह आधी दूर ही चढ़ा था कि जमीन पर पड़े सूखे पत्ते खरखराकर उड़ चले।

"ओह, तो बदमाश हवा वहाँ पहुँच गई।"

अब्दुल सरसराता हुआ नीचे उतरा और पत्तों के ढेर पर 'धप्प' से कूद पड़ा। उसके कूदने से पत्ते हवा में छिटक गए और शरीर पर आ गिरे। उसका पूरा शरीर पत्तों से ढक गया, पर हवा फिर भी पकड़ में नहीं आई। हवा के झोंके में खिलखिलानेवाले पत्ते अब एकदम शांत हो गए थे। अब्दुल अपना शरीर झाड़कर उठ खड़ा हुआ और चौकन्नी निगाहों से इधर-उधर देखने लगा। तभी हवा तेजी से सरसराती हुई उसके कानों के पास से गुजरी। उसके बालों में फँसे दो-एक पत्ते लहराकर दूर जा गिरे। अचानक हवा उसकी कमीज में घुस गई। कमीज एक पल के लिए फूलकर गुब्बारा हो गई। अब्दुल को लगा कि अब हवा पकड़ में आ गई; पर अगले ही पल हवा कमीज से निकल भागी और कमीज फिर से 'फुस्स' होकर तन से चिपक गई। हवा गुम हो गई। पूरा जंगल कुछ देर के लिए ऐसे शांत हो गया जैसे मछली पकड़ने के लिए खड़ा बगुला होता है।

अब्दुल आगे बढ़ने चला तो सूखी पत्तियाँ कुरमुरा उठीं। तभी करौंदे के झाड़ को झिंझोड़कर हवा भाग खड़ी हुई और दूर यूकेलिप्टस की फुनगी पर जा बैठी। अब्दुल हाथ मलता रह गया। उसे लगा कि पत्तियों की आवाज ने ही हवा को भगा दिया, नहीं तो इस बार वह उसे जरूर पकड़ लेता और देखता कि वह कैसी होती है, किस रंग की होती है? तभी उसकी नजर पीपल के पेड़ पर चली गई। उसकी फुनगी पर दो पत्ते ऐसे हिल रहे थे मानो बातें कर रहे हों।

वह उसके नीचे जा पहुँचा और पुकारकर बोला, "पत्तो! क्या तुम्हें पता है कि हवा कहाँ छिपी है?"

प्रश्न पूछते ही दोनों पत्ते थम गए, पर अगले ही पल पूरा-का-पूरा पीपल हवा से हरहरा उठा। दूर कहीं कोयल बोल उठी, "कुहू! कुहू! कुहू!" मानो कह रही हो, "मूर्ख! मूर्ख! मूर्ख!" अब्दुल निराश हो गया। वह तालाब किनारे जा बैठा। वहाँ हरी-हरी जलकुंभी फैली हुई थी। काई के कारण तालाब का पानी हरा-हरा मालूम था। किनारे पर मूँज लगी हुई थी, जिसकी पतवार की नोंकें पानी को छूकर काँप रही थीं। हवा के कारण तालाब में लहरें उठ रही थीं। पानी में मेंड़ सी उठती और चलते-चलते किनारे पर आकर गुम हो जाती। अब्दुल बड़ी देर तक लहरें देखता रहा, फिर घर की ओर चल दिया।

वह बरामदे में जाकर बैठ गया। उसका मुरगा भोलू उचककर उसकी गोदी में आ बैठा, इस आशा में कि शायद कुछ खाने के लिए मिल जाए। दादाजी गुलाब के गमलों में पानी दे रहे थे। उन्होंने एक बार अब्दुल की ओर देखा और फिर गुलाब में पानी देने लगे। अब्दुल फव्वारे में भीगती पँखुड़ियों को चुपचाप देखता रहा। वह काफी देर तक चुपचाप बैठा रहा।

घर में सभी अब्दुल की बातें सुनकर उसे झिड़क देते थे। उसकी बातें अगर कोई सुनता था तो वह था उसका मुरगा भोलू और बूढ़े दादाजी। भोलू उसकी बातें सुनता जरूर ध्यान से, पर बेचारा अनबोल प्राणी अपनी भोली-भाली आँखें मटकाकर रह जाता। हाँ, दादाजी के पास वक्त

होता तो वे उसके प्रश्नों का उत्तर जरूर दिया करते थे।

''क्या बात है अब्दुल, फिर कोई नई जिज्ञासा?'' दादाजी ने पूछा।

अब्दुल ने सिर हिला दिया।

''क्या बात है, जरा मैं भी तो सुनूँ?'' दादाजी ने पूछा।

''दादाजी, हवा कैसी होती है?''

पल भर के लिए दादाजी खामोश हो गए। फिर बोले, ''तुम हवा का रंग देखना चाहते हो?''

अब्दुल ने फिर सिर हिला दिया।

''तो देखो,'' दादाजी बोले, ''हवा ऐसी होती है।'' दादाजी ने गुलाब की ओर इशारा किया।

''लाल!'' अब्दुल आश्चर्य से चहक उठा।

''लाल ही नहीं,'' दादाजी बोले, ''नीले-पीले-गुलाबी-बैगनी, दुनिया में जितने भी रंग हैं, सब हवा के दिए हुए हैं। पूरी दुनिया हवा के कारण ही रंग-बिरंगी है। वैसे तो हवा का कोई रंग नहीं है, लेकिन हरे-भरे पेड़, लाल-गुलाबी फूल, नीला आसमान, रंग-बिरंगी धरती—सब हवा के रंग में रँगे हुए हैं। इंद्रधनुषी तितलियों और सतरंगे पक्षियों में हवा ने ही अपनी तूलिका से रंग भरा है। सच तो यह है कि इस धरती पर जीवन भी हवा की ही देन है।''

''अरे, यह तो मैंने सोचा ही नहीं था। हवा तो सचमुच रंग-बिरंगी है!'' अब्दुल हर्ष और आश्चर्य से बोला।

भोलू भी जोर से पंख फड़फड़ाकर 'कुकड़ूँ-कूँ' बोला, मानो अब्दुल की हाँ में हाँ मिला रहा हो। अब्दुल और दादाजी—दोनों हँस पड़े।

जब आँखें छलछला आईं

—मो. मूसा खाँ 'अशांत'

विवेक और रवि—दोनों के घर आस-पास थे। दोनों एक ही स्कूल में एक ही कक्षा में पढ़ते थे। दोनों जितना पढ़ने-लिखने में तेज थे उतना ही नई-नई योजनाएँ बनाने और नए-नए खेल खेलने में माहिर थे। सारे बच्चों से अलग-थलग उनका दिमाग काम करता था।

एक दिन गाँव में वर्माजी की लड़की की शादी थी। खूब सजावट हुई थी। रात में दूल्हा खूब सजे-धजे घोड़े पर सवार होकर सेहरा बाँधे गाजे-बाजे के साथ जब वर्माजी के दरवाजे पर पहुँचा तो विवेक भी वहीं मौजूद था। सजे-धजे दूल्हे को देखकर उसके दिमाग का कंप्यूटर काम कर गया। उसने मन-ही-मन एक योजना बना डाली और रवि को भी समझा दिया।

सौभाग्यवश दूसरे दिन रविवार था और समस्त बच्चों का विद्यालय बंद था। गाँव भर के लड़के प्रायः छुट्टियों में गाँव के पूरब बहनेवाले नाले के किनारे बाग में इकट्ठा होते थे और वहीं दिन भर खेलकूद होता रहता। वहीं नाले में धोबी अपना कपड़ा धोते थे और उनके गधे भी वहीं बाग के आस-पास चरा करते थे।

सदा की भाँति आज भी सब बच्चे वहाँ इकट्ठा थे। श्यामू को देखकर विवेक ने सोचा कि क्यों न अपनी कल की योजनावाला खेल खेला जाए। वह बोला, ''मित्रो! आओ, आज हम लोग एक नया खेल खेलें।''

'नया खेल' शब्द सुनकर सभी बच्चे आश्चर्य से विवेक की ओर देखने लगे। बच्चे कुछ पूछते, इससे पहले ही विवेक ने कहा, ''देखो भाई, हम लोग अपने मित्र श्यामू को आज दूल्हा

बनाएँगे और इन्हें घोड़े पर बैठाकर एक बारात निकालेंगे।'' यह कहते हुए उसने रवि को आँख मारी, जो उसकी योजना से परिचित था।

इसीलिए मुसकराकर ताली बजाते हुए वह बोला, ''बहुत सुंदर, किंतु दूल्हे के लिए हम घोड़ा कहाँ से लाएँगे ?''

'घोड़ा' शब्द सुनकर सभी चौंके। किंतु विवेक ने सँभालते हुए कहा, ''घोड़ा ? घोड़े की क्या कमी है ? रामदीन चाचा के गधे हैं, उन्हीं में से एक घोड़ा का काम करेगा।''

सभी बच्चे ताली बजाकर उछल पड़े और देखते-देखते रामदीन धोबी का एक गधा पकड़ लाए। वहीं कुछ बच्चे सरसों के खेत से फूल लगे सरसों के पौधे उखाड़ लाए और सब

मिलकर आनन-फानन में माला तैयार कर लाए। सरसों के फूलों की माला पहनकर श्यामू सीना ताने गर्व से दूल्हा बना उचककर गधे पर बैठ गया। कुछ अन्य बच्चे देखते-देखते न जाने कहाँ से टीन की दो-चार टूटी पिपिया ढूँढ़ लाए। धड़धड़-भड़भड़ गाना बजाना सुनकर गाँव के अन्य बच्चे भी वहीं आ गए। गाँव के सभी लोग बच्चों की इस नई बारात को देखकर हँसते-हँसते मजा लेने लगे। विवेक और श्यामू की माँ भी हँसी और शोर-शराबा सुनकर बाहर आ गई। वे भी देखकर हँसते-हँसते लोटपोट हो रही थीं। अचानक किसी लड़के ने गधे की पूँछ में टिन की पिपिया बाँध दी। फिर क्या था! पट्ठा गधा जो भड़का तो किसी के सँभाले नहीं सँभला। श्यामू कुछ देर तक तो समझ ही नहीं पाया कि क्या हो गया! उधर पूँछ में बँधी पिपिया जितना जमीन से रगड़ खाकर भड़भड़ाती, गधा उतना ही तेज भागता। तभी 'बचाओ-बचाओ' की आवाज के साथ ही श्यामू कुछ दूरी पर जाकर गधे की पीठ पर से जमीन पर गिर गया। उसके सिर से खून बहने लगा। देखते-देखते एक अजीब स्थिति उत्पन्न हो गई। सब हक्का-बक्का और ठगे-ठगे से खड़े थे। विवेक की तो मानो आवाज ही गुम हो गई थी। उसने कल्पना भी नहीं की थी कि छोटे से हँसी के खेल से उसका मित्र इतनी बुरी तरह से घायल हो जाएगा। सभी बच्चे अपने-अपने घरों में जाकर दुबक गए।

श्यामू को जल्दी-जल्दी गाँव के ही एक डॉक्टर के पास ले जाया गया तो डॉक्टर ने बताया कि कोई गहरी चोट नहीं लगी है। उन्होंने मरहम-पट्टी करके उसे आराम करने की हिदायत देकर उसके घर भेज दिया। विवेक को तो इतना दुःख हुआ कि घर आकर बिना कुछ खाए-पिए ही चुपचाप बिस्तर पर पड़ा रहा। उसने अपनी माँ और पिताजी की फटकार भी सुनी।

दूसरे दिन विवेक बिस्तर से उठते ही अपने मित्र श्यामू की खोज-खबर लेने जब उसके घर गया तो श्यामू तपाक से चारपाई से उतरकर उसके गले लिपटकर बोल पड़ा, "भाई विवेक, कल की बारात में बड़ा मजा आ गया। तुमको तो कोई चोट नहीं लगी न!"

श्यामू की बात सुनकर विवेक की आँखें खुशी से छलछला आईं। तभी विवेक की मम्मी चाय लेकर आ गईं और श्यामू के साथ विवेक को भी चाय देकर बोलीं, "हाँ-हाँ, दुलहन मिली नहीं, पहले ही तुम्हारी पिटाई हो गई।"

इतना सुनते ही सभी खिलखिलाकर हँस पड़े।

ट्रांस्फर

—मो. साजिद खान

निकी को आज भी वह दिन याद है, जब वह विद्यालय से हँसती-खिलखिलाती भागी चली आ रही थी। उसने देखा था—पड़ोस में एक ट्रक खड़ा है। राहुल अंकल और आंटी अपनी दोनों बेटियों—नेहा और सुरभि के साथ खड़े हैं। ट्रक में घर का सारा सामान लादा जा रहा है।

उनके घर का पुराना नौकर रमुआ ट्रक में सामान लाद रहा है और बार-बार बह आए आँसुओं को अपने फटे अँगौछे से पोंछ रहा है।

तब निकी कुछ पल अवाक् खड़ी रह गई थी। घर आकर उसने अपनी मम्मी से पूछा था, ''मम्मी, क्या सचमुच राहुल अंकल का ट्रांस्फर हो गया है? नेहा और सुरभि चली जाएँगी?''

मम्मी ने बुझे मन से कहा था, ''हाँ!'' फिर मुँह छिपाकर किचन में चली गई थीं।

निकी का मन बुरी तरह घबरा रहा था। उसे खाने-पीने की भी इच्छा नहीं रह गई थी। वह अंदर-बाहर कर रही थी।

धीरे-धीरे करके घर के लगभग सारे सामान लादे जा चुके थे। अब नेहा और सुरभि की पढ़ने की मेज और सोफे रस्से से बाँधे जा रहे थे। मकान बिलकुल सूना हो गया था।

निकी को सबसे अधिक दुःख तब हुआ था, जब रमुआ ने छत के गमले एक-एक कर उठाने शुरू किए थे।

निकी को उन गमलों से बड़ा लगाव था। वह जब भी अपने घर की छत पर चढ़ती थी तो नेहा के मकान की रेलिंग पर रखे रंग-बिरंगे फूलों से भरे गमले अवश्य देखती थी। सुबह-सुबह

गमलों में हँसते फूलों को तो वह घंटों देखा करती थी।

शाम को छत पर पढ़ते हुए नेहा बुलाती, ''निकी, तुम आओ न!''

तब निकी आँगन के किनारेवाली दीवार पर से चलकर नेहा तक पहुँच जाती थी। यह देखकर कभी-कभी उसकी मम्मी डाँट भी देती थीं, ''तुम दीवार के सहारे नेहा की छत तक जाती हो, क्या नीचे से नहीं जा सकतीं? इतनी ऊँचाई से आँगन में गिरोगी तो हड्डी-पसली एक हो जाएगी।''

पर मम्मी की बातों का असर निकी पर भला कहाँ होता था? निकी उनकी गैर मौजूदगी में उस तक पहुँच जाती थी और साथ-साथ पढ़ती या फिर कोई खेल खेलती थी।

परंतु उस रोज तो जैसे उसका चमन ही उजड़ा जा रहा था। सारा सामान ट्रक में लादा जा चुका था। ड्राइवर ने ऊपर से तिरपाल डालकर बाँध दिया था।

फिर थोड़ी देर बाद निकी और मम्मी से मिलने नेहा की मम्मी आई थीं। वह रह-रहकर रो रही थीं। निकी की मम्मी की तो सिसकियाँ बँध गई थीं। दोनों एक-दूसरे के गले लगकर ऐसे रो रही थीं मानो बेटियाँ विदा कर रही हों।

ट्रक चलने से पहले नेहा और सुरभि भी निकी से मिलने आई थीं। तब नेहा ने निकी के हाथ में दस का नोट रखकर कहा था, "निकी! हम लोग नैनीताल जा रहे हैं, तुमसे दो सौ किलोमीटर दूर। भगवान् जाने, अब हम मिल पाएँगी भी या नहीं। मुझे तुम्हारी बहुत याद आएगी, निकी! तुम भी मुझे याद रखना। तुम्हारा एक फोटो मेरे पास है—पिछले साल मेरे बर्थ-डे पर खिंचवाया गया था न? मैंने तुमसे दस रुपए उधार लिये थे—याद करो, पिछले साल पिकनिक पर। आज तुम्हें लौटा रही हूँ। कहा-सुना माफ कर देना, मेरी प्यारी सहेली!"

नेहा की इस बात पर निकी कितनी देर फूट-फूटकर रोई थी और कैसे वह दस का नोट हाथ में फूलकर लुगदी बन गया था—उसे पता ही नहीं चला था।

नेहा समझदार थी। उसे बिछुड़ने का बहुत दुःख था, पर उसकी छोटी बहन सुरभि को नहीं। वह रोमांचित थी कि कल्पना में बसनेवाले नैनीताल में उसे रहने को मिलेगा।

"अच्छा निकी, ट्रक हॉर्न दे रहा है, अब चलती हूँ!" यह वाक्य तो निकी के हृदय में तीर-सा लगा था।

निकी तब इतना ही बोल पाई थी, "जाते ही खत लिखना, ने···हा···!" फिर फफककर रो पड़ी थी।

नेहा और सुरभि के चले जाने के बाद एक सप्ताह तक तो बहुत खालीपन महसूस हुआ; किंतु कहते हैं न कि वक्त का मरहम हर जख्म को भर देता है, अतः अब निकी ने परिस्थितियों से समझौता कर लिया था।

शुरू-शुरू में जब नेहा का पहला पत्र आया था तो निकी फूली नहीं समाई थी। उसने वह पत्र बीसों बार पढ़ा था। विद्यालय में सहेलियों को दिखलाया था, "देखो-देखो, मेरी नेहा का पत्र आया है!"

पर धीरे-धीरे पत्रों के बीच अंतराल बढ़ता गया था। ऐसा शायद व्यस्तता के कारण रहा होगा।

फिर तो कई वर्ष बीत गए थे। इधर तो पत्रों का सिलसिला ही समाप्त हो गया था। निकी ने चार पत्र डाले थे, लेकिन एक का भी जवाब नहीं आया था। हाँ, काफी लंबे समय बाद निकी को एक संक्षिप्त पत्र अवश्य मिला था। उसमें लिखा था—

प्यारी बेटी निकी,

प्रसन्न रहो!

तुम्हारे तीन पत्र मिल चुके हैं, किंतु मैं बता दूँ कि इस पते पर 'नेहा' नाम की कोई लड़की रहती ही नहीं।

सस्नेह
सुधीर कुमार श्रीवास्तव
(नैनीताल)

पत्र पढ़कर निकी का दिल मानो बैठने लगा था। वह सारी बात समझ गई थी। उसने दिल पर पत्थर रख लिया था। वह समझ गई थी कि राहुल अंकल का ट्रांस्फर कहीं और हो गया है।

'जाने फिर कब मिलें!' सोचकर निकी की आँखों के कोरों से दो बूँद आँसू लुढ़क पड़े थे।

फटीचर

—यादराम रसेंद्र

मास्टरजी ने कक्षा में प्रवेश किया तो सभी छात्र आदर से उठ खड़े हुए। मास्टरजी ने एक सरसरी नजर कक्षा पर डाली और लड़कों को बैठने का इशारा किया। लड़के अपनी-अपनी सीट पर बैठ गए। मास्टरजी ने पढ़ाने के लिए ज्यों ही किताब उठाई, दरवाजे पर आवाज हुई, ''क्या मैं अंदर आ सकता हूँ, सर?''

सभी लड़कों की नजर द्वार की ओर उठ गई। दरवाजे पर कमल सिर झुकाए खड़ा था। सभी लड़कों को घोर आश्चर्य हुआ। आश्चर्य की बात थी ही। आज से पहले कभी भी कमल ने कक्षा में घुसने से पहले इजाजत माँगने की जरूरत नहीं समझी थी, न कभी आदेश की प्रतीक्षा में वह इस तरह दरवाजे पर खड़ा रहा था और न कभी उसका स्वर इतंना विनम्र और कोमल ही हुआ करता था।

मास्टरजी ने कमल को पैनी नजर से देखा और प्यार से कहा, ''आओ।''

कमल कक्षा में आकर चुपचाप सीट पर बैठ गया। मास्टरजी पढ़ाने लगे। कक्षा में एकदम चुप्पी छाई थी। मास्टरजी की यही खासियत थी। वे बहुत अच्छा पढ़ाते थे। सभी लड़के उनका आदर करते थे; परंतु आज कक्षा के सभी छात्र हैरान थे। वे सोच रहे थे कि आज भी हमेशा की भाँति कमल कोई शरारत भरा प्रश्न मास्टरजी से करेगा, उन्हें चिढ़ाने के लिए मुँह बनाएगा; परंतु ऐसा कुछ नहीं हुआ। पीरियड खत्म हो गया। मास्टरजी चले गए। लड़कों ने कमल को घेर लिया। कमल अभी भी चुपचाप किताब पढ़ रहा था। लड़के उससे तरह-तरह के प्रश्न पूछने लगे, परंतु उसने कोई जवाब नहीं दिया

विनोद ने कहा, ''लगता है, फटीचर महाशय ने कोई जादू कर दिया है हमारे उस्ताद पर।''

विनोद बात पूरी भी न कर पाया था कि कमल दहाड़ा, ''शटअप! तमीज से बात करो। मास्टरजी की शान के खिलाफ एक शब्द भी कहा तो ठीक न होगा। कायदे से नाम लेकर बोलो।''

पूरी कक्षा के लिए यह दूसरा आश्चर्य था। मास्टरजी को 'फटीचर' नाम खुद कमल ने ही दिया था। जब पहले दिन पढ़ाकर मास्टरजी जाने लगे तो कमल ने ठहाका लगाकर कहा था, 'क्या फटीचर है साला! अरे, कम-से-कम पाँच हजार रुपए तो कमाता ही होगा; पर हालत यह है कि कुरते में भी पैबंद। इससे अच्छे कपड़े तो हमारा नौकर पहनता है।'

और उस दिन से जगदंबा प्रसाद का नाम पूरी कक्षा में 'फटीचर' हो गया था, पर आज क्या हुआ? जरूर मास्टरजी ने जादू कर दिया है। सभी लड़के तरह-तरह की अटकलें लगाने लगे।

कमल को उस दिन इधर-उधर दोस्तों के साथ भटकते हुए काफी देर हो गई थी। वह जैसे ही घर में घुसा, उसकी नजर ड्राइंगरूम में पड़ी। वहाँ मास्टर जगदंबा प्रसादजी एक अन्य व्यक्ति के साथ बैठकर उसके पिताजी से बातें कर रहे थे। बातचीत के बीच-बीच में जोर के ठहाके भी लग रहे थे। उससे पहले कभी कमल ने न तो अपने पिताजी को और न मास्टर 'फटीचर' को ही इस तरह ठहाके लगाकर हँसते हुए देखा था। उसे ताज्जुब हुआ कि मास्टर फटीचर उसके घर तक कैसे पहुँच गए।

मास्टरजी को देखते ही कमल ने मुँह बनाया। अभी भी मास्टरजी वही सड़ियल धोती-कुरता पहने थे। कमल को इस कारण पिताजी पर क्रोध आया कि उन्हें अपनी इज्जत का तनिक भी ध्यान नहीं है। ऊँचे दरजे के सरकारी अफसर होकर वे इस फटीचर से इस कदर घुल-मिलकर बात कर रहे हैं। कोई जान-पहचान का आदमी देख ले तो? इस तरह के रद्दी आदमी को दरवाजे से ही टरका देना चाहिए था। आखिर जरूरत क्या थी उसे भीतर बुलाने की? परंतु लाचारी थी। पिताजी के सामने वह कुछ कह भी नहीं सकता था। शक था कि किसी ने उसे देखा नहीं था। अगर मास्टरजी उसे देख लेते और बुला भेजते, तो? तो शायद वह पिताजी की परवाह किए बिना ही उन्हें दो-चार खरी-खोटी सुना देता।

फिर एकाएक उसे खयाल आया कि कहीं मास्टर उसकी शिकायत करने तो उसके पिता के पास नहीं आया है। अगर ऐसा हुआ तो बच्चू को ऐसा मजा चखाऊँगा कि···तभी एक ठहाका हवा में गूँजा। पिताजी किसी बात पर हँस रहे थे। कमल ने सोचा, 'इनकी बातें सुननी चाहिए।' वह ड्राइंगरूम के बगलवाले कमरे में आ गया और उनकी बातों पर कान लगा दिए।

मगर उसकी समझ में कुछ न आया। थोड़ी ही देर बाद मास्टरजी उठ खड़े हुए। पिताजी

बाहर आकर नुक्कड़ तक उन्हें छोड़ने गए। कमल सबकुछ देख रहा था। पिताजी ने हाथ जोड़कर मास्टरजी को झुककर नमस्कार किया तो कमल का पारा फिर चढ़ गया। उसने इधर-उधर झाँककर देखा। आस-पास कोई नहीं देख रहा था। उसने राहत की साँस ली। अगर कोई देख लेता तो अनर्थ हो जाता। उसकी सारी इज्जत मिट्टी में मिल जाती। उसके पिता इतने बड़े अफसर होकर यह क्या बचपना कर रहे थे। उसने तय कर लिया कि वह पिताजी को जरूर खरी-खोटी सुनाएगा।

कमल जरा नई विचारधारा का लड़का था। उसे हमेशा यह खयाल बना रहता था कि वह एक बड़े अफसर का लड़का है, इसलिए समाज में उसकी एक खास जगह है। अपनी इस

खासियत को बनाए रखने के लिए वह टिपटॉप रहता था। कोई भी घरेलू काम करना वह अपनी शान के खिलाफ समझता था। साधारण हैसियत के बच्चों से मिलना-जुलना तक उसे पसंद नहीं था।

जैसे ही पिताजी मास्टरजी को विदा करके घर आए, कमल उनके सामने जा खड़ा हुआ और शिकायत भरे स्वर में कहने लगा, ''ऐसे फटीचर लोगों को घर में क्यों आने देते हैं, पिताजी ?''

''क्या··· ?'' पिताजी ने एकदम झटके से गरदन उठाकर कमल को घूरा।

कमल सहम गया। ऐसी कड़ी नजर से आज तक कभी पिताजी ने उसे नहीं देखा था। पर कमल डरा नहीं। उसने उसी तरह बात जारी रखने की कोशिश की।

''यह निहायत सड़ियल टीचर···'' कमल कुछ आगे कहता, इससे पहले ही उसके गाल पर एक भरपूर तमाचा पड़ा। उसका वाक्य अधूरा ही रह गया। उसकी आँखें आश्चर्य से फटी-की-फटी रह गईं। जिंदगी में पहली बार पिताजी ने उसपर हाथ उठाया था। कमल रोया नहीं। पिताजी की आँखों में देखने का साहस भी उसमें नहीं रहा। पिताजी का गुस्से से थरथराता स्वर सुनकर कमल दंग रह गया। एकाएक पिताजी ने कमल की बाँह पकड़ी और उसे अपने कमरे की ओर खींचते हुए बोले, ''हाँ-हाँ, जरा बताओ तो तुम क्या जानते हो उनके बारे में ?''

कमल के होश गुम।

पिताजी कहे जा रहे थे, ''केवल सादे कपड़े पहनने से ही कोई फटीचर हो गया ? तुम जानते हो क्या कि तुम्हारे पिताजी जैसे सैकड़ों अफसरों को वे चाहते तो खरीद सकते थे। मुझे दुःख है, कमल, कि जगदंबाजी के विद्यार्थी होकर भी तुमने इनसानियत की बात नहीं सीखी। यह वही जगदंबाजी हैं, जिन्होंने देश की पुकार पर आई.सी.एस. की नौकरी को लात मार दी थी। ये वही हैं जो हमेशा फर्स्ट क्लास पाते रहे हैं और ये वे ही जगदंबाजी हैं, जिन्होंने तुम्हारे नाचीज पिता को रुपए-पैसे की मदद दे-देकर आज इस योग्य बनाया है और आज भी बीसियों गरीब छात्र उनकी सहायता से पढ़ रहे हैं। बहुत दुःख है, कमल, कि आज तुमने उन्हीं जगदंबाजी के लिए ऐसे शब्द कहे, जिनकी मैं पूजा करता हूँ। काश! तुम मेरे बेटे न होते।''

और एकाएक पिताजी की आँखें गीली हो उठीं। कमल ने झटके से सिर उठाया। सचमुच, पिताजी की आँखों से आँसू गिर रहे थे। कमल अपने को रोक न सका। एकाएक वह पिताजी के चरणों पर गिर पड़ा और भरे हुए गले से बोला, ''मुझे माफ़ करें, पिताजी ! मास्टरजी आज से मेरे भी पूज्य हैं।''

इक्को लड़ाई

—यादवेंद्र शर्मा 'चंद्र'

"महाराज!"

"फरमाइए सुरानाजी।"

"आप आराम से सोते क्यों नहीं?"

"मतलब?" बीकानेर नरेश सूरत सिंह ने जरा चौंककर पूछा।

"आप अपने पाँव पसारकर क्यों नहीं सोते?" अमरचंद ने विनती भरे स्वर में कहा, "घुटनों से पाँवों को मोड़कर सोने में कितना कष्ट होता होगा!"

सूरत सिंह ने अपनी सेना के व्यवस्थापक सुराना की ओर देखा। वह रणनीति को अच्छी तरह समझता था। एक स्वामीभक्त सेवक था और जानता था कि जब तक विद्रोही ठाकुर शिवजी सिंह को बीकानेर के महाराजा नहीं हराएँगे तब तक चैन नहीं मिलेगा।

उधर चूरू का ठाकुर शिवजी सिंह विद्रोही बन गया था। अपने ही भतीजे की हत्या करके बीकानेर नरेश बननेवाले सूरत सिंह की हुकूमत मानने के लिए वह तैयार नहीं था।

जब सुराना ने नरेश से पाँव इकट्ठे करके सोने का कारण पूछा तो महाराज ने लंबी साँस ली। फिर बोले, "सुरानाजी, मेरे पाँवों के आड़े चूरू आता है। जब तक आप चूरू नहीं जीत लेंगे तब तक मैं पाँव नहीं फैलाऊँगा।"

सुराना ने विश्वास के साथ कहा, "महाराज, आप चिंता न करें। मैं चूरू को अवश्य ही जीतूँगा।" और अमरचंद सुराना एक बड़ी सेना लेकर चूरू पहुँच गया। उसने चूरू के किले को घेर लिया।

इसके पहले भी कई बार चूरू को नष्ट करने के लिए किले की घेराबंदी की गई थी, पर हर बार चूरू ने अपने रणकौशल तथा मनोबल से बीकानेर के नरेश सूरत सिंह को पराजित कर दिया था। उसका एक कारण यह भी था कि ठाकुर शिवजी सिंह खुद तोपें ढालना और चलाना जानता था। वह युद्ध लड़ने में बड़ा ही निपुण था।

कई दूसरे ठिकानेदार बार-बार समझौता कराने की चेष्टा करते थे; पर हर बार समझौता विफल हो जाता था।

एक बार बीकानेर नरेश ने शिवजी सिंह से इस शर्त पर घेरा उठाने की बात कही कि वह अपना सारा तोपखाना बीकानेर को दे दें तथा किले के कँगूरे तुड़वा दें।

शिवजी सिंह ने साफ उत्तर दिया, ''यह नहीं हो सकता। तोपें मेरी मूँछें हैं और कँगूरे मेरी पगड़ी। एक राजपूत यह सब देकर कैसे जिंदा रह सकता है ?''

बीकानेर नरेश चिढ़ गया; पर वह ठाकुर को हरा नहीं सका था। इस बार भी सुराना अमरचंद के भयंकर आक्रमण का सामना ठाकुर करता रहा।

ठिकाने के ठाकुर गुमान सिंह ने समझौते की फिर बात शुरू की।

तब बीकानेरी सेना के एक बहादुर सैनिक पूरणमलोत राजपूत ने एक नया प्रस्ताव रखा। उसने ठाकुर गुमान सिंह से कहा, ''इस लड़ाई में काफी नरसंहार हो चुका है। चूरू की धरती अनेक प्राणियों का खून पी चुकी है। क्यों नहीं इस लड़ाई की समाप्ति के लिए नया तरीका अपनाया जाए ?''

पूरणमलोत की बात ने सबका ध्यान खींचा। ठाकुर गुमान सिंह ने पूछा, ''वह तरीका क्या हो सकता है ?''

''वह तरीका है—इक्को लड़ाई।'' पूरणमलोत राजपूत ने अपनी बात को साफ किया, ''मैं बीकानेर नरेश की ओर से लड़ूँगा। चूरू की ओर से मुझसे कोई एक व्यक्ति लड़ सकता है। जिसका आदमी हारेगा, उसका पक्ष पराजित समझा जाएगा। इससे व्यर्थ का रक्तपात व हिंसा नहीं होगी।''

ठाकुर गुमान सिंह को पूरणमलोत की बात अच्छी लगी। पूरणमलोत एक वीर योद्धा था। पहाड़ से भी टकराने की क्षमता उसमें थी। वह किसी को भी द्वंद्व युद्ध के लिए ललकार सकता था। उसकी वीरता पर सुराना अमरचंद को भी विश्वास था।

उसने भी सहमति देकर कहा, ''व्यर्थ की हिंसा, हत्या और खून-खराबे से बचने के लिए यह एक अच्छा तरीका है। आप चूरू की ओर से 'इक्को' के लिए किसी को तैयार कीजिए।''

ठाकुर गुमान सिंह चूरू के ठाकुर के पास गया। उसने 'इक्को' की बात बताई। पूरणमलोत राजपूत का नाम सुनते ही वीर भयभीत हो गए। सब जानते थे कि वह आदमी के रूप में शैतान है।

शिवजी सिंह की सेना के आदमी बगलें झाँकने लगे; लेकिन उसकी सेना में चंद बहादुर मुसलमान भी थे।

उन मुसलमानों में एक अब्दुल खाँ नामक वीर मुसलमान था। वह भी युद्ध-विद्या में काफी निपुण था और हथियार चलाने के दाँव-पेंचों को बखूबी जानता था। हालाँकि वह शरीर से अधिक बलवान नहीं लगता था, पर बहुत ही फुर्तीला और चालाक योद्धा था।

शिवजी सिंह ने अपने वीरों से कहा, ''क्या हमारा कोई भी क्षत्रिय इस चुनौती को स्वीकार कर सकता है ? लगता है, राजपूताई घास चरने चली गई है।''

सब लोग खामोश रहे।

“जो राजपूत मौत को खेल समझते थे, वे अब उसे हौआ समझने लगे हैं। यदि हमने पूरणमलोत से लड़ाई नहीं लड़ी तो हमारी धरती कायर और कपूतों की माँ कहलाएगी।” शिवजी सिंह गरजे।

“आप उसे नहीं जानते। पूरणमलोत तो साक्षात् खूँखार भेड़िया है। इतना हिंसक आदमी हमने नहीं देखा। हम जानबूझकर हार का मुँह क्यों देखना चाहते हैं ?” एक सरदार ने कहा।

“प्रत्यक्ष हार है यह।” दूसरे सरदार ने कहा।

“हम अपने संघर्ष को हार में नहीं बदल सकते।” तीसरा बोला।

तरह-तरह की आवाजें गूँजीं।

शिवजी सिंह निराश होकर बोले, “मैं केवल इतना चाहता था कि व्यर्थ की हिंसा न हो। हमारे यहाँ के काफी योद्धा मारे गए हैं।”

“राजनीति में हिंसा-अहिंसा जैसे शब्द फालतू हैं।” कोई बोला।

शिवजी ने कहा, “ठीक है, पर मनुष्यता के लिए ये शब्द बड़ा महत्त्व रखते हैं। सच, इस चुनौती से तो हमारा पानी उतर जाएगा। हमारी पगड़ी उछल जाएगी।”

उन बड़े वीरों के बीच में से अब्दुल खाँ उठा। उसने सिर झुकाकर कहा, “ठाकुर साहब, आप यह चुनौती मुझे स्वीकार करने दीजिए। मैं पूरणमलोत से 'इक्को' की लड़ाई करूँगा।”

सबने हैरानी और परेशानी से अब्दुल खाँ की ओर देखा, मानो सबकी नजरें कह रही थीं कि यह क्या लड़ेगा।

अब्दुल खाँ ने फिर कहा, “मेरी हिम्मत पर आपको विश्वास करना चाहिए। मैं पतला-दुबला भले ही हूँ, पर हथियार चलाने में बड़ा ही तेज हूँ। अन्नदाता, आप इस गरीब को मौका तो दीजिए।”

“किंतु··· ?” एक ठाकुर ने तड़पकर कहा।

“किंतु मैं एक मुसलमान हूँ, विधर्मी हूँ, म्लेच्छ हूँ।” अब्दुल खाँ आहत होकर बोला, “मुझपर इतना बड़ा भरोसा नहीं किया जा सकता! मैं समझता हूँ कि आदमी का सबसे बड़ा धर्म है—उस मिट्टी के लिए कुर्बान हो जाना, जहाँ वह रहता है।”

शिवजी ने अब्दुल खाँ की ओर देखा। उसे लगा कि उसकी आँखों में सच्चाई है, एक अजेय आदमी का साहस और शौर्य है।

“हम तुम्हें यह सम्मान देंगे। तुम 'इक्को' के लिए तैयारियाँ करो।” उन्होंने कहा।

अब्दुल खाँ खुशी से पागल हो गया। वह 'इक्को' की लड़ाई लड़ने के लिए तत्पर होने लगा। उसमें बला का जोश-खरोश था।

अभी भी राजपूत वीरों का विश्वास नहीं था। वे सब ठाकुर शिवजी सिंह को कमजोर

करते रहे। उनका सबसे मजबूत आधार यह था कि अब्दुल खाँ एक मुसलमान है, एक कमजोर आदमी है, कहीं यह सुरानाजी से मिल न गया हो।

ठाकुर ने कहा, ''वह मुसलमान नहीं है। वह चूरू नगर का एक वीर है। जब कोई सच्चा और वीर अपनी जन्मभूमि के लिए हथियार उठाता है तो वह न हिंदू होता है और न मुसलमान। वह केवल वीर होता है। तब उसे जाति और धर्म नहीं बाँट सकते।''

सब चुप हो गए।

'इक्को' युद्ध शुरू होने को था।

पूरणमलोत राजपूत और अब्दुल खाँ आमने-सामने खड़े हो गए। सभी लोग इसे अब्दुल खाँ की मूर्खता समझते थे। सुराना ने सोच लिया कि इस बार खून की एक बूँद बहाए बिना ही हम चूरू को जीत लेंगे।

दमामी ने नगाड़ा बजाया।

दोनों वीरों ने अपने-अपने आक्रमण किए। बड़ी देर तक 'इक्को' युद्ध होता रहा। इस द्वंद्व को देखनेवाले रोमांचित हो गए। दोनों वीर लहूलुहान हो गए। पता नहीं अब्दुल खाँ में कहाँ से ताकत आ गई कि वह पूरणमलोत को दाँव नहीं दे रहा था। उसने जो दाँव-पेंच दिखाए, वे अद्‌भुत थे।

आखिर लंबे 'इक्को' युद्ध के बाद अब्दुल खाँ ने तलवार का ऐसा चमत्कारी वार किया कि पूरणमलोत धूल चाटने लगा। वह उठता, इसके पहले ही अब्दुल खाँ ने उसकी गरदन धड़ से अलग कर दी।

ठाकुर शिवजी सिंह ने उसे किले में बुलाकर गले से लगा लिया। उसने राजपूतों से कहा, ''देखा, एक आदमी अपनी मिट्टी के लिए लड़ता है तो वह जाति और धर्म को भूल जाता है। असली नागरिक की यही पहचान है कि वह केवल अपनी जन्मभूमि की पहचान याद रखे, अपनी नहीं।''

दो की लड़ाई

—रंजना वर्मा

फी समय पहले की बात है। नर्मदा नदी के किनारे धीवरों की एक बस्ती थी। उस बस्ती में एक मछुआ और एक मछुआरिन रहते थे। मछुआ बहुत सीधा और परिश्रमी था, जबकि मछुआरिन कामचोर और झगड़ालू स्वभाव की थी।

मछुआ रोज सवेरे उठकर जाल लेकर नदी की ओर चला जाता। दिन भर वह मछलियाँ पकड़ता रहता। शाम होने पर वह उन्हें ले जाकर बाजार में बेच देता और ज़ो पैसे मिलते उनसे आटा, नमक और साग-सब्जी लेकर घर आ जाता। मछुआरिन दिन भर घर में पड़ी रहती। जब मछुआ शाम को सामान खरीदकर घर लौटता तो वह उससे सारा सामान ले लेती और उसमें मीन-मेख निकालने लगती। कभी कहती—आटा कम है तो कभी साग-सब्जी कम है। कभी इस बात को लेकर लड़ने लगती कि मछुए ने मछलियाँ बहुत कम दामों में बेच दीं और कभी कुछ नहीं तो अपनी गरीबी का रोना रोने लगती।

मछुआ चुपचाप सबकुछ सुन लेता। बकझक कर मछुआरिन खाना बनाने लगती। कुल आटे की वह छह रोटियाँ बनाती और साग के साथ तीन रोटियाँ मछुए को परोस देती। बाकी तीन रोटियाँ वह खुद खा लेती।

एक दिन की बात है। मछुए ने हाट जाकर जब मछलियाँ बेचीं तो एक बड़ी मछली बच गई। उसने सोचा, चलो, आज मछली का ही सालन खाया जाए। नमक, मसाला, आटा आदि खरीदकर वह घर पहुँचा तो मछुआरिन ने उसे खूब खरी-खोटी सुनाई। लड़-झगड़कर वह रोटियाँ बनाने लगी।

आधी मछली और तीन रोटियाँ उसने मछुए के सामने रखी तो वह बोला, ''सुन री, आज मैं चार रोटियाँ खाऊँगा।''

''क्यों? चार क्यों खाओगे? तुम चार रोटियाँ खाओगे और मैं दो? नहीं, ऐसा नहीं हो सकता।'' मछुआरिन तुनककर बोली।

''तू तो कुछ भी नहीं करती। बस, सारे दिन पड़ी रहती है। शाम को रोटियाँ भर पकाती है। मैं सारे दिन मेहनत करता हूँ, तब कहीं चार पैसे मिलते हैं। आज तो मैं चार ही रोटियाँ खाऊँगा। आज तू दो रोटी खा ले।'' मछुआ बोला।

''नहीं! मैं तो तीन ही रोटियाँ खाऊँगी।'' मछुआरिन ने भी जिद पकड़ ली। और बस,

दोनों अपनी-अपनी बात पर अड़ गए। बातें करते-करते दोनों लड़ने लगे। छीना-झपटी और फिर मारपीट तक की नौबत आ गई।

अंत में मछुए ने कहा, ''लड़ती क्यों हो? मैं सच और न्याय की बात कर रहा हूँ। नहीं मानती तो चलकर मुखियाजी से पूछ ले।''

मछुआरिन मान गई। रोटियाँ वहीं छोड़कर दोनों मुखिया के पास पहुँचे। मुखिया ने दोनों की बातें ध्यान से सुनीं, फिर मछुए को समझाते हुए बोले, ''देखो भाई! मछुआरिन तुम्हारी पत्नी है। लड़ाई करना ठीक नहीं है। दोनों बराबर-बराबर बाँटकर खा लो।''

मछुआ कहने लगा, ''मुखियाजी! सारे दिन मेहनत तो मैं करता हूँ। क्या एक दिन भी चार रोटियाँ नहीं खाऊँ? आज मैं चार रोटियाँ ही खाऊँगा।''

तब मुखिया ने मछुआरिन से कहा, ''तुम बहुत समझदार स्त्री हो। आपस में इस तरह लड़कर तमाशा करना अच्छी बात नहीं है। मछुआ थका-माँदा है। मेहनत भी वह तुमसे अधिक करता है, इसलिए आज उसे ही चार रोटियाँ खा लेने दो। एक दिन की ही तो बात है। आज तुम दो रोटियाँ खा लो।''

''नहीं! मैं दो क्यों खाऊँ? मैं तो तीन ही रोटियाँ खाऊँगी, बराबर-बराबर।'' मछुआरिन ने गुस्से में आकर उत्तर दिया।

दोनों को अपनी जिद पर अड़ा देखकर मुखिया ने कुछ सोचते हुए कहा, ''अच्छा, ठीक है। तुम रोटियाँ ले आओ। मैं फैसला किए देता हूँ।''

मछुआ-मछुआरिन रोटियाँ लेने के लिए अपनी झोंपड़ी की ओर लौटे। अभी वे झोंपड़ी के द्वार तक ही पहुँचे थे कि देखा—एक बंदर झपटकर सारी रोटियाँ उठा ले गया। दोनों एक-दूसरे का मुँह देखते रह गए। इस झगड़े के कारण उन्हें एक रोटी भी खाने को नहीं मिली। अंत में उन्हें आधी-आधी मछली खाकर ही संतोष करना पड़ा। सच है—दो की लड़ाई में हमेशा तीसरे को ही फायदा होता है।

साहसी नीलू

—रमेशचंद्र पंत

पहाड़ की तलहटी में बसा एक छोटा सा गाँव था—सराईखेत। वह गाँव प्राकृतिक सुषमा से भरपूर था। चारों ओर चीड़ के घने वृक्षों से घिरा वह गाँव काफी सुंदर लगता था। चीड़ के घने वृक्षों के बीच-बीच देवदारु के खूब लंबे एवं ऊँचे वृक्ष गाँव की शोभा को और भी बढ़ा रहे थे। अप्रैल में तो बुराँस के लाल फूलों की छटा बस देखते ही बनती थी। गाँव चूँकि घने वृक्षों से घिरा था, इसलिए अकसर ही हिंस्र पशु भी गाँव में आ जाया करते थे। बाघ द्वारा कुत्ते एवं अन्य छोटे-छोटे जानवरों को जब-तब मारकर उठा ले जाना सामान्य बात हो गई थी।

गाँव में कुल मिलाकर पंद्रह-बीस परिवार ही रहते थे। खेती ही सभी के जीवन-यापन का एकमात्र सहारा थी। खेतों में दिन भर खूब मेहनत से काम करना और शाम को रूखा-सूखा खाकर चैन की नींद सो जाना—गाँववालों की यही दिनचर्या बन गई थी।

दिसंबर-जनवरी के महीने में यहाँ भारी हिमपात होता था। जमी मोटी बर्फ को पिघलने में कई दिन लग जाते थे। इस समय जीवन पूरी तरह रुक सा जाता था। यही कारण था कि जाड़े का मौसम आने से पूर्व ही गाँव के बड़े-बूढ़े ढेर सी लकड़ियाँ काटकर इकट्ठी कर लेते थे। बर्फ गिरने पर दिन-रात इन्हीं लकड़ियों को जलाकर वे सेंकते रहते थे।

इसी गाँव के मुखिया की एक लड़की थी नीलिमा। उम्र यही कोई बारह वर्ष थी। गाँव के लोग उसे 'नीलू' कहकर पुकारते थे। नीलू थी तो छोटी ही, लेकिन थी बहुत साहसी। अकसर ही छोटे-मोटे हिंस्र जंगली जानवरों को वह दराँती लेकर खदेड़ दिया करती थी। अनेक बार तो उसके

पिता ने समझाया भी था, 'बेटी! इस तरह जंगली जानवरों के पीछे जाना बहुत खतरनाक होता है। कभी-कभी वे पलटकर हमला भी कर देते हैं और फिर उनसे बच पाना काफी मुश्किल होता है।'

'लेकिन पिताजी! आपने ही तो कहा है कि इन जंगलों के बीच यदि रहना है तो साहसी तो होना ही पड़ेगा।' और पिता निरुत्तर हो जाते; लेकिन फिर भी उसे सावधान रहने की हिदायत अकसर ही देते रहते।

नवंबर के दिन थे। जाड़े ने दस्तक देनी प्रारंभ कर दी थी। गाँव के बड़े-बूढ़े लकड़ियाँ लाने के लिए जंगल चले गए थे और स्त्रियाँ गाँव से दूर खेतों में काम करने को गई हुई थीं।

नीलू घर के बाहर गाँव के कुछ अन्य बच्चों के साथ खेलने में तल्लीन थी। अचानक पास

के जंगल से एक भालू गाँव में घुस आया। बच्चों को देखकर वह उनकी ओर लपका। बच्चे डरकर शोर मचाने लगे। जिसे जिधर रास्ता मिला, वह उधर ही भाग निकला। पाँच साल की एक नन्ही बच्ची भाग न पाने के कारण खूब जोर-जोर से रो रही थी। नीलू अपने घर की खिड़की से, उसे भाग आने के लिए, चिल्ला-चिल्लाकर निर्देश दे रही थी; लेकिन बच्ची कुछ सुन ही नहीं रही थी और निरंतर रोए जा रही थी। भालू भी उसी की ओर बढ़ा जा रहा था।

नीलू को लगा, अब बच्ची शायद ही बच पाएगी। यह भालू आस-पास के गाँवों में पहले भी कई बच्चों को बुरी तरह से घायल कर चुका था। एक क्षण की भी देरी किए बगैर नीलू रसोई में घुस गई। रसोई के एक कोने में चावल का कनस्तर रखा हुआ था। कनस्तर के चावल को जल्दी से जमीन पर ही उलटकर और कनस्तर लेकर वह तेजी से बाहर आ गई। वह टीन के कनस्तर को खूब जोर-जोर से पीटे जा रही थी। कनस्तर की आवाज सुनकर भालू का ध्यान बच्ची की ओर से हट गया। अब वह नीलू की ओर बढ़ने लगा। नीलू टीन को पीट-पीटकर उसे डराने का काफी प्रयास कर रही थी, लेकिन भालू बिना किसी डर के उसकी ओर बढ़ा जा रहा था।

नीलू को समझ में नहीं आ रहा था कि अब वह क्या करे? अचानक भालू ने उसपर हमला कर दिया। वह उछलकर एक ओर हट गई। अपना वार खाली जाते देख भालू बुरी तरह से झुँझला गया। अब वह और भी दुगुने वेग से नीलू पर झपटा।

नीलू ने त्वरित बुद्धि से काम लिया और कनस्तर का खुला मुँह उसकी ओर कर दिया। काफ़ी वेग से हमला करने के कारण भालू का सिर गोल मुँहवाले कनस्तर में फँस गया। अब वह बुरी तरह से छटपटाने लगा था। लाख कोशिशों के बावजूद वह अपना सिर कनस्तर से बाहर नहीं निकाल पा रहा था। कुछ न दिखाई देने के कारण वह वहीं पर लड़खड़ाकर घूमने लगा। थोड़ी ही देर में वह बुरी तरह से पस्त हो गया। तब तक घरों के अंदर से अन्य बच्चे भी बाहर निकल आए थे। दो-तीन बच्चों की सहायता से नीलू ने भालू के एक पैर को रस्सी से एक पेड़ से बाँध दिया।

भालू का सिर कनस्तर में फँसा होने के कारण उसे साँस लेने में काफी परेशानी हो रही थी। नीलू घर के अंदर से एक छोटी सी कुल्हाड़ी ले आई और उसकी सहायता से उसने कनस्तर को एक ओर से थोड़ा सा काट दिया, ताकि उसे साँस लेने के लिए ताजा हवा मिल सके।

शाम को घर वापस आने पर गाँव के सभी लोग नीलू के इस साहस को देखकर दंग थे। सभी ने नीलू को खूब शाबाशी दी। उसी के साहस और बुद्धि के कारण नन्ही बच्ची की जान बच सकी थी।

दूसरे दिन वन-विभाग के अधिकारियों को इसकी सूचना दी गई। भालू को पिंजरे में बंद कर चिड़ियाघर भेज दिया गया। नीलू को इस अदम्य साहस के लिए सरकार की ओर से पुरस्कृत किया गया। ■

नहले पर दहला

—रवींद्र कुमार 'राजेश'

धन्नूमल बड़ा चतुर-चालाक महाजन था। देहात के सीधे-सादे अनपढ़ लोगों की गरीबी और अज्ञानता का लाभ उठाकर उनको अनाप-शनाप ब्याज दर पर कर्ज देता था। कर्जदारों को न जाने कैसा गणित समझाता कि हर माह किस्त अदा करने के बाद भी कर्ज खत्म होने का नाम ही न लेता था। यद्यपि अधिकतर कर्जदार धन्नूमल से परेशान थे, मगर पैसे की तंगी और गरीबी के कारण जरूरत पड़ने पर लोग उससे कर्ज लेने के लिए बाध्य रहते थे। हाँ, एक बात जरूर थी। धन्नूमल कभी किसी को कर्ज देने से इनकार नहीं करता था, भले ही पिछले कर्ज की किस्तें चल रही हों।

बुधई खेतिहर मजदूर था—सीधा-सादा, मगर अनपढ़-गँवार। उसकी बेटी की शादी की बात करीब-करीब पक्की हो गई थी, मगर पंडितजी के अनुसार अच्छे दिन न होने के कारण शादी की रस्में अभी शुरू नहीं हुई हैं। बुधई रुपए-पैसे के जुगाड़ में जुटा था। शादी के लिए लगभग दो हजार रुपए के कर्ज के लिए वह धन्नूमल महाजन के पास पहुँचा।

महाजन ने कहा, ''अरे बुधई! इतने रुपयों का क्या करेगा?''

बुधई बोला, ''भैयाजी! बिटिया की शादी तय हो गई है। अच्छे दिन न होने की वजह दो-तीन माह बाद होगी। इस बीच शादी की रोक, तिलक आदि रस्मों में भी तो पैसा लगेगा, शादी और गौना का खर्च इस सबसे अलग है।''

अपनी आदत के मुताबिक महाजन कर्ज देने के लिए तैयार हो गया और बोला, ''कोई बात नहीं, बुधई! चल, लगा अँगूठा इस कागज पर, मन हलका मत कर। आज से दो हजार रुपए

तेरे हो गए। जब जरूरत पड़े, ले जाना। हाँ, एक काम और करना। मेरा नौकर आजकल अपने घर गया है। घर और खेत के काम के लिए अपने लड़के किशन को मेरे यहाँ भेजते रहना। डेढ़-दो महीने में मेरा नौकर वापस आ जाएगा।''

बुधई चुपचाप 'हाँ' कहकर वापस लौट गाया। बेचारा मजबूर जो था।

बेटी की शादी की 'रोक' की रस्म के दो-तीन दिन पहले बुधई महाजन के पास गया तथा उससे रुपए माँगा। धन्नूमल ने पूछा, ''अरे, अभी से इतने रुपए का तू क्या करेगा?''

बुधई ने बताया, ''परसों 'रोक' की रस्म है। उसी दिन दो सौ रुपए का खर्च है। डेढ़ महीना बाद तिलक लेकर जाना है। लड़के के ताऊ कलकत्ता में नौकरी करते हैं। वे तभी आ पाएँगे

और उनके बिना वे लोग तिलक लेंगे नहीं। तिलक में भी सामान, मिठाई, कपड़े और नकदी सहित करीब छह सौ रुपयों की जरूरत होगी और पंद्रह-बीस दिन बाद शादी का मुहूर्त है। शादी में भी हजार-बारह सौ का खर्च तो हो ही जाएगा। शादी के बाद 'गौना' पर भी मरे-गिरे भी दो सौ रुपयों का इंतजाम तो करना ही पड़ेगा।"

महाजन ने बड़े प्यार से कहा, "बुधई, वैसे तो पैसा तेरा है। मुझे क्या, अभी तुझे सब दे दूँ; मगर घर में इतने रुपए रखना ठीक नहीं। पैसे ज्यादा होने से खर्चे भी बढ़ने लगते हैं और चोरी का डर ऊपर से रहता है। तुझे जिस रस्म पर जितने रुपए की जरूरत हो उतना पैसा ले जाया कर।"

बुधई महाजन की चिकनी-चुपड़ी बातों में आ गया और 'रोक' की रस्म के लिए दो सौ रुपए ले गया। अन्य रस्मों पर भी महाजन उसे इसी प्रकार रुपए देता रहा। शादी पर बुधई का भतीजा राघव भी शहर से आया था। वह पढ़ा-लिखा भी था और समझदार भी। शहर से शादी के लिए सामान लाने का काम बुधई ने राघव को ही सौंप दिया था।

एक-दो बार राघव भी बुधई के साथ महाजन से मिला था और उसे महाजन काफी चतुर-चालाक लगा। जब बातचीत से महाजन को यह पता लगा कि शादी का सामान लेने राघव अकसर शहर जाता है तो वह राघव से अपने घर का भी सामान मँगवा लेता था और शहर में अपने देनदारों से पैसे की वसूली भी करवा लेता था। समय बीतता गया। बुधई की लड़की की शादी, गौना आदि के कार्य संपन्न हो गए।

धन्नूमल ने बुधई को उसकी बेटी की शादी के लिए दिए गए दो हजार रुपए के कर्ज और उसपर ब्याज का रुक्का तथा हर माह की किस्त के कागज बुधई को अपने घर बुलाकर थमा दिए। बुधई के साथ राघव भी था। महाजन ने दो हजार रुपए पर ब्याज उसी दिन से लगाया था जिस दिन कर्ज की बातचीत हुई थी, जबकि उसने बुधई को रुपए अलग-अलग रस्मों पर अलग-अलग तारीखों में दिए थे। बुधई भी इस बारे में राघव को बता चुका था। राघव महाजन का रुक्का देखकर चौंक गया। दूसरे दिन राघव ने भी महाजन को एक रुक्का बुधई की तरफ से दे दिया। इस रुक्के में दो हजार रुपयों में से जितने रुपए महाजन के पास विभिन्न अवधियों में रहे, उसे महाजन पर कर्ज दिखाकर वही ब्याज लगाया गया था, जो महाजन ने बुधई के रुक्के में लगाया था। इसमें बुधई के बेटे की डेढ़ महीने की मजदूरी के नौ सौ रुपए भी दिखाए गए थे। धन्नूमल महाजन यह रुक्का देखकर भड़क गया और इस रुक्के को झूठा बताते हुए पंचायत में इसे चुनौती दी।

पंचायत में राघव ने बुधई का पक्ष रखते हुए कहा, "पंचो! यह सही है कि महाजन ने बुधई चाचा को उनकी बिटिया की शादी के सिलसिले में दो हजार रुपए का कर्ज दिया; मगर ये सारे रुपए उसी समय नहीं दिए जिस दिन इसकी लिखा-पढ़ी हुई थी। कर्ज के दो हजार रुपए

लिखा-पढ़त के दिन ही चाचा के हो गए, जो उनके माँगने पर भी महाजन ने नहीं दिए। जाहिर है, ऐसा करने पर महाजन के पास चाचा के कर्ज के ये रुपए महाजन पर भी तो कर्ज ही हुए और उसे भी तो ब्याज चाचा को देना चाहिए। चाचा को महाजन ने जब-जब रुपए दिए हैं, तभी से दिए हुए कर्ज पर ब्याज की देनदारी चाचा की बनती है। रुक्के में खेत और घर पर चाचा के लड़के की डेढ़ महीने की पूरा दिन काम करने की मजदूरी शामिल है। महाजन के कहने पर मैं पाँच बार शहर इनका घर का सामान और देनदारों से वसूली करने के लिए गया, जिसपर पाँच सौ रुपए खर्च हुए। इन चौदह सौ रुपयों की अदायगी न होने तक यह भी तो महाजन पर हमारा कर्ज ही हुआ, जिसपर ब्याज मिलना चाहिए।''

पंचायत ने दोनों पक्षों को सुनने के बाद महाजन के दो हजार रुपयों के कर्ज से चौदह सौ रुपए निकाल देने, ब्याज के दोनों के दावे बराबर मानने और बुधई पर महाजन के केवल छह सौ रुपए कर्ज मानने का निर्णय दिया। धन्नूमल ने अपना माथा पीट लिया। राघव महाजन पर नहले पर दहला सिद्ध हुआ।

मूँछवाले सर

—राजनारायण चौधरी

पाँच साल के लड़के मोनू का दाखिला कुछ दिन पहले ही नर्सरी क्लास में कराया गया था। वह बड़ा ही भोला-भाला लड़का था।

उसके स्कूल में एक हिंदी शिक्षक की नई नियुक्ति हुई थी। उनका नाम था गोपाल प्रसाद सिंह। उनकी मूँछें बड़ी-बड़ी थीं, इसलिए स्कूल के बच्चे उन्हें 'मूँछवाले सर' के नाम से जानने लगे थे।

स्कूल में मोनू के दाखिला लेने के बाद उस दिन वे पहली बार उस क्लास में पढ़ाने आए थे। उनके क्लास में प्रवेश करते ही सभी लड़के खड़े हो गए। मोनू भी खड़ा हुआ। फिर उनके कुरसी पर बैठ जाने और लड़कों को भी बैठने का आदेश देने के बाद सभी लड़के तो बैठ गए, पर मोनू खड़ा ही रहा। उन्होंने उसे बैठने के लिए दो-तीन बार कहा। मगर वह बैठा नहीं। फिर उन्होंने बड़े प्यार से पूछा, ''क्या नाम है तुम्हारा?''

पर कोई उत्तर नहीं मिला। उन्होंने देखा, वह लड़का बहुत डरा हुआ सा लग रहा था। तभी मोनू की बगल में बैठे एक बच्चे ने कहा, ''सरजी, इसने तो पैंट में ही पेशाब कर दिया है।''

यह सुनते ही क्लास के सभी लड़के ठठाकर हँसने लगे। मोनू मुँह लटकाए खड़ा था। शिक्षक गोपाल बाबू को बड़ा ताज्जुब हो रहा था। आखिर इस लड़के को हुआ क्या कि इतना भयभीत है? तभी उन्होंने देखा, वह सुबक-सुबककर रोने भी लगा था।

अंत में वे स्वयं उसके निकट गए। उन्होंने प्यार से उसकी पीठ पर हाथ फेरा। वह और भी जोर-जोर से सुबकने लगा। बगल में बैठे लड़के राजू ने बतलाया, ''इसका नाम मोनू है, सर!

कुछ ही दिन पहले इसका दाखिला हुआ है।''

गोपाल बाबू ने उसे चुप कराने का लाख प्रयास किया, पर सब व्यर्थ। वह बच्चा तो जैसे चुप होने का नाम ही नहीं ले रहा था।

''ऐसी क्या बात हुई कि यह इतना डर गया है? अच्छा, इसके घर के पास का कोई लड़का इस क्लास में है?'' गोपाल बाबू ने पूछा।

''हाँ, सरजी! मेरा घर और मोनू का घर बिलकुल अगल-बगल ही है।'' धीरू ने कहा।

''ठीक है। तो तुम इसे साथ लेकर घर जाओ। इसके मम्मी-पापा से कहना कि वे इसपर बिगड़ें नहीं। यह तो वैसे ही बहुत डरा हुआ है। वे डरने का कारण प्यार से इससे पूछेंगे।'' गोपाल

बाबू ने धीरू को समझाते हुए कहा।

मोनू को साथ लेकर धीरू घर चला गया। उसने मोनू को उसके घर छोड़ते वक्त उसकी मम्मी से सारा हाल कह सुनाया। उसने शिक्षक गोपाल बाबू द्वारा कही गई बातें भी बतला दीं।

दूसरे दिन मोनू को साथ लेकर उसके पापा स्कूल पहुँचे। उन्होंने गोपाल बाबू से मिलकर मोनू के डरने और डरकर पैंट गीली कर देने का जो कारण बतलाया, उसे सुनकर वे खूब हँसे। मोनू उनकी बगल में ही खड़ा था। उन्होंने उसे अपनी बाँहों में भर लिया और खूब प्यार जताकर कहा, ''क्यों बेटे, तुम मेरी बड़ी-बड़ी मूँछों को देखकर ही डर गए थे? पगले, भला मूँछों से क्या होता है! मैंने तो कोई वैसा व्यवहार नहीं किया था, जिससे डरने की जरूरत थी! खैर, भविष्य में ऐसी किसी मामूली बात पर मत डरा करना। बहादुर बनो। अभी तुम्हें पढ़-लिखकर बहुत कुछ करना है।''

गोपाल बाबू की बातों पर मोनू मुसकरा रहा था। उसे कल की बात पर लज्जा भी हो रही थी।

यह बात जब क्लास के और लड़कों को मालूम हुई कि उस दिन मोनू गोपाल बाबू की बड़ी-बड़ी मूँछें देखकर डर गया था तो वे खूब हँसे। स्कूल के अन्य शिक्षकों के बीच गोपाल बाबू ने इस बात की चर्चा की तो वे सब भी ठहाके लगाकर देर तक हँसते रहे।

अगले दिन लोगों ने गोपाल बाबू को देखा तो सबको आश्चर्य हुआ। वे तो पहचान में ही नहीं आ रहे थे। दरअसल उन्होंने उस दिन अपनी मूँछें साफ करवा ली थीं।

मूँछें साफ करवा लेने का कारण पूछने पर वे सभी को जवाब देते, ''भाई, अब मैं बच्चों के स्कूल में शिक्षक होकर आ गया हूँ। स्कूल में तीन-चार वर्ष के ब्रच्चे भी पढ़ने आते हैं। मुझे अब यह खयाल तो रखना ही पड़ेगा कि कोई बच्चा मेरी वेशभूषा या मेरे किसी व्यवहार से डरे नहीं। वैसे भी मूँछों से तो कोई लाभ है नहीं।''

उस दिन जब वे मोनू की क्लास में आए तो मोनू को अपने पास बुलाकर उससे पूछा, ''क्यों मोनू, अब तो मुझसे नहीं डरोगे न?''

मोनू सिर नीचा किए मुसकरा रहा था।

सोनू सुधर गया

—राजा चौरसिया

अपने घर की छत पर एकांत में बैठे बाबू गोपालदास एक ही विषय पर लगातार सोचे जा रहे थे। उन्हें रह-रहकर अपने पिताजी की कही गई अनमोल बातें याद आ रही थीं। वे कहा करते थे, 'कुत्ते की पूँछ पोंगड़ी में डालो, जब निकालो तब टेढ़ी-की-टेढ़ी। जिसका जो स्वभाव जाय ना जी से, नीम न मीठी होय खाय गुड़-घी से। बाँस सूख जाने पर नहीं नबता। बूढ़े तोते नहीं पढ़ते। सुबह का भूला शाम को घर आ जाए तो भूला नहीं कहलाता। लड़का बिगड़ जाएगा तो सबकुछ उजड़ जाएगा। जो न माने स्याने की सीख, ले टोकरी माँगे भीख।'

गोपालदास अपनी इकलौती संतान सोनू से बहुत परेशान थे। उसे पैसे चुराने की आदत पड़ गई थी। अधिक लाड़-प्यार के कारण ही यह सब हुआ। उसकी माँ कहती, ''बचपन में सभी ऐसे ही रहते हैं। श्रीकृष्णजी भी तो बचपन में कितने चोर थे। बड़े होने पर सब अपने आप सुधर जाते हैं।''

इसपर गोपालदास का जोर न चलता। मारना तो दूर, सोनू को डाँटना भी बड़ा मुश्किल काम था।

सोनू घर से पैसे चुराता था। शहर में पिताजी की छोटी सी दुकान थी। वे सभी जेबों में रुपए रखते थे। हिसाब ठीक रहता था, लेकिन सोनू सप्ताह में एक दो दिन कुछ रुपए निकाल ही लेता था। सोनू के दोस्तों की संख्या दिनोदिन बरसाती मेढकों की तरह बढ़ रही थी। सोनू अपने चुराए पैसों से दूसरों को भी खिलाता-पिलाता था। पढ़ाई से ज्यादा गुलछर्रे उड़ाने में उसका मन

लगता था।

उसकी इस आदत से उसके दोस्त भी परिचित थे। उनमें एक बहुत अच्छा लड़का भी था। एक दिन उस लड़के ने जब समझाना चाहा तो सोनू ने तपाक से कह दिया, ''चोरी करना अपराध नहीं है, चोरी करते हुए पकड़ा जाना अपराध है। यह बात मैंने पापाजी के मुँह से तब सुनी थी जब किसी विषय को लेकर हँसते हुए उन्होंने ऐसा कहा था।''

''यदि किसी दिन तुम रँगे हाथ पकड़े गए तो?'' साथी ने पूछा।

इसपर मुझे पापाजी की बात याद आती रहती है, जो वे किसी समय मम्मीजी की योजनाएँ सुनकर बोले थे, 'ज्यादा दूर की सोचना समझदारी नहीं है।'

सोनू समझाने पर मुँहतोड़ जवाब दे देता था। वह यह भी कहता, ''जो आनंद खरीदी हुई पतंग उड़ाने में नहीं, वह लूटी हुई या पाई हुई पतंग उड़ाने में है।''

सोनू की मति के अनुसार उसके पापा को इस चोरी-कर्म का अता-पता नहीं है। वे हिसाब में बारीक नहीं हैं और उन्हें अपने बेटे पर भरपूर विश्वास है।

बाबू गोपालदास उड़ती हुई चिड़िया पहचाननेवालों में से थे। वे अच्छे-अच्छों के कान काटते थे। लोग उनकी चतुराई का लोहा मानते थे। वे घर में ताड़ते भी रहते थे, पर श्रीमती की मोह-बुद्धि के आगे उनका वश नहीं चलता था। वे चिंता में डूबते-उतराते रहते थे। वे जानते थे कि लड़के का बिगड़ना घर का उजड़ना है। घर का चोर जमाने का चोर होता है। वे सोनू को सुधारने की युक्ति बुनते रहते थे।

एक दिन जब कहीं से शिकायत मिली कि सोनू बहुत खर्चीला है, आदतें खराब हो रही हैं, तब वे और अधिक चिंतित हुए।

एक दिन जब सोनू छुट्टी मनाने अपने दोस्तों के साथ पिकनिक पर गया था, तब बाबू गोपालदास अपनी दुकान छोड़कर कुछ समय के लिए अचानक घर आए। सोनू के कमरे में छानबीन करते समय उन्होंने पाया कि सोनू अपनी पुस्तकों के पन्नों में नोट छुपाकर रखता है। यह सोनू की चतुराई थी कि ऐसे में वह पकड़ में नहीं आएगा। यदि पकड़ में नहीं आएगा तो चोरी करके भी चोर नहीं कहलाएगा।

कई पुस्तकों में नोट सहेजकर रखे गए थे। बाबू गोपालदास ने नोटों को छुआ तक नहीं। बस, वे समझ गए कि सोनू उनके एवं अपनी मम्मी के पैसे चुराता है। वे अब अपनी रकम की पूर्ण सुरक्षा पर ध्यान देने लगे। सोनू कैसे सुधरे? बस, यही धुन सवार रहती थी। वे उसे हुनर के साथ राह पर लाना चाहते थे।

संयोग से एक दिन सोनू अपने पापा के कमरे में सो गया। जब दुकान से उसके पापा आए तो उसकी नींद खुल गई। वह अपने कमरे में जाने लगा।

तभी बाबू गोपालदासजी बोले, ''बेटे! आज हमारे ही साथ सो लो।''

इन प्यार भरे शब्दों से सोनू मान तो गया, मगर उसे नींद न आई, बेचैनी होने लगी। तब अपने नटखट स्वभाव के कारण उसने पापा से प्रश्न किया, ''पापाजी! सुनते हैं कि पुरखे लोग विद्या से बहुत प्रेम करते थे और विद्या भी उन्हें बहुत प्रेम करती थी। अब ऐसा क्यों नहीं होता?''

यह अचूक अवसर पाते ही बाबू गोपालदासजी बोल पड़े, ''बेटे, पुरखे लोग किताबों में मोरपंख रखते थे, अब के लोग नोट रखते हैं।''

यह सुनकर सोनू अपना सा मुँह लेकर रह गया। बस, उसने उसी समय से कभी भी चोरी न करने की ठान ली। ■

मुझे नहीं खिंचवानी फोटू-ओटू

—रावेंद्र कुमार 'रवि'

कक्षा आठ का परीक्षाफल घोषित हो चुका था और मैं प्रथम श्रेणी में उत्तीर्ण हुआ था। मेरे पिताजी ने खुश होकर मुझे एक अच्छा कैमरा उपहार में दिया। मेरी खुशी का ठिकाना न रहा। मैंने कभी सपने में भी नहीं सोचा था कि छायांकन करने का मेरा शौक इतनी जल्दी पूरा हो जाएगा।

छुट्टियाँ तो थीं ही। पढ़ने-लिखने का भी अधिक झंझट नहीं था। मैं स्वतंत्रतापूर्वक छायांकन कर सकता था। अपने मन को भानेवाला हर दृश्य मैं अपने कैमरे में पड़ी रील पर उतार लेना चाहता था।

ऐसे बहुत से दृश्यों का छायांकन मैंने किया, जिनमें मेरे मोहल्ले के बच्चों के विभिन्न मुद्राओं में लिये गए चित्र और सड़क के दृश्य अधिक थे। कुछ चित्र मैंने अपने घर के सदस्यों के खींचे थे और कुछ चित्रों में मेरे घर से कुछ दूरी पर बहनेवाली नदी 'खन्नौत' के दृश्य सम्मिलित थे।

अधिकतर चित्र अच्छे ढंग से खिंच गए थे और उनकी प्रशंसा सुनने के बाद मैंने अनुभव किया कि मैं एक अच्छा छायाकार भी बन सकता हूँ।

इस अनुभूति के बाद मेरे मस्तिष्क पर एक और भूत सवार हो गया—अपने द्वारा खींचे गए चित्र प्रकाशित करवाने का और मैं एक पत्रिका में प्रकाशनार्थ चित्र भेजने लगा, किंतु सफलता हाथ नहीं लगी। मेरे वे सारे चित्र वापस आ गए, जिन्हें मैं अच्छा समझ रहा था।

धीरे-धीरे वह वर्ष बीतने लगा और कक्षा नौ की परीक्षाएँ भी सिर पर आ गईं। छायांकन

में मेरी रुचि समाप्त सी हो गई और मैं कमर कसकर परीक्षा की तैयारी में जुट गया।

कुछ ही दिनों में परीक्षाएँ निपट गईं। परीक्षाफल निकला, मैं उत्तीर्ण हुआ और फिर से छुट्टियाँ आ गईं। मेरी समझ में नहीं आ रहा था कि मैं क्या करूँ? मेरे एक अच्छे मित्र ने पुनः छायांकन करने का सुझाव मुझे दिया और समझाया कि इस तरह हिम्मत नहीं हारनी चाहिए। एक बार पुनः प्रयत्न करके देखो।

मैंने उसकी बात पर ध्यान दिया और पुनः कैमरे में रील डाल ली। इस बार मैंने चित्र खींचने में अधिक उतावली नहीं दिखाई। चित्र कम-से-कम खींचता था। इस कारण पूरी छुट्टी में मैं एक पूरी रील भी खत्म नहीं कर पाया और रक्षाबंधन आ गया। रक्षाबंधन और झूले के चार-पाँच चित्र खींचने के बाद भी रील का कुछ भाग खाली रह गया था।

एक दिन मैं अपनी बैठक में बैठा-बैठा सोच रहा था कि कैसा चित्र खींचूँ, किसका चित्र खींचूँ, कैसे खींचूँ कि मेरी पूरी रील चित्रित हो जाए और मैं उसे कैमरे से निकालकर बनने के लिए भेज सकूँ।

अचानक दरवाजे पर थपथपाहट होने के साथ-साथ 'खोलो' की आवाज आई। मैं तुरंत पहचान गया कि धोबन की लड़की है। दरअसल छोटी होने के कारण वह घंटी नहीं बजा पाती थी और सदैव इसी तरह द्वार खुलवाती थी।

मेरे या मेरे घर के सदस्यों के लिए उसका कोई नाम नहीं था। वह धुले हुए कपड़े प्रेस करने के लिए या प्रेस किए हुए कपड़े देने के लिए ही प्रायः आती थी और हर बार यही कहा जाता था कि 'धोबन की लड़की आई है'। उसकी माँ मेरे यहाँ कपड़े धोने के लिए आती थी।

मैंने द्वार खोला। वही थी, धोबन की लड़की। खाली चड्ढी पहने। सिर पर कपड़ों की गठरी लादे हुए। स्पष्ट था कि वह प्रेस किए हुए कपड़े देने आई थी।

उसने मेरी ओर देखा और धीरे से मुसकरा दी। वह हमेशा ऐसे ही मुसकराती थी; किंतु उस दिन जैसे ही वह मुसकराई, उसकी मुसकान ने मेरी समस्या हल कर दी।

मेरे मन ने कहा, 'मौका अच्छा है।' और मुझे लगा कि उसकी आँखों में काजल नहीं है, किंतु सच्ची मुसकान की झलक है। उसके बाल अस्त-व्यस्त हैं, किंतु भले हैं। उसका तन मैला है, किंतु मन साफ।

मैंने झट से कैमरा उठाया और उससे कहा, "जैसे अभी मुसकराई थी वैसे ही मुसकराओ।"

वह मुसकराई और मैंने उसकी मुसकान को अपने कैमरे की रील पर सजा लिया।

मुझे किसी भी हालत में रील निकाल देनी थी। अतः मैंने धोबन की लड़की के ही दो-चार और चित्र उतारने का निर्णय लेते हुए उससे झूला झूलने के लिए कहा। वह बरामदे की छत में लगे कड़ों में पड़ा झूला झूलने लगी। मैंने कैमरा हाथ में लिया, उसकी ओर देखा और फोकस

करने के बाद उससे मुसकराने के लिए कहा। वह सदा की ही तरह मुसकराई और मैंने उसकी यह मुसकान भी रील पर सजा ली।

किंतु इसके बाद रील आगे नहीं बढ़ी और मुझे उसके दो चित्रों से ही संतोष करना पड़ा।

रील धुलने के बाद मेरी खुशी का ठिकाना न रहा, क्योंकि इस बार सभी चित्र अच्छे ढंग से खिंचे थे और उनमें से लगभग आधे चित्र प्रकाशन हेतु भेजने योग्य थे।

पिछले वर्ष मैंने जिस पत्रिका में प्रकाशन के लिए चित्र भेजे थे, उससे मैं बुरी तरह खिसियाया हुआ था। अत: इस बार मैंने उस पत्रिका में एक भी चित्र नहीं भेजा।

इस बार मैंने केवल एक ही पत्रिका में चित्र न भेजकर विभिन्न पत्र-पत्रिकाओं का चयन

करके एक साथ सारे-के-सारे छाँटे हुए अच्छे चित्र प्रकाशन हेतु भेज दिए।

मेरे आश्चर्य की सीमा न रही, जब भेजे गए चित्रों में से एक-तिहाई माह भर में स्वीकृत हो गए। उन चित्रों में धोबन की लड़की का गठरीवाला चित्र भी सम्मिलित था।

इस सफलता से मुझे यह प्रेरणा मिली कि यदि किसी सफलता को प्राप्त करने के लिए एक से अधिक तरीके अपनाए जा सकते हों तो अपनाने चाहिए। इससे सफलता शीघ्र मिलती है।

यह संयोग की बात थी कि मेरा पहला चित्र एक अच्छी पत्रिका में प्रकाशित हुआ—और वह भी उसके मुखपृष्ठ पर। यह और भी संयोग की बात थी कि यह चित्र धोबन की लड़की का ही था।

अत्यधिक प्रसन्नता की बात थी। अत: मैं अधिक प्रसन्न हुआ। मैंने जब धोबन की लड़की को वह पत्रिका दिखाई तो वह भी अधिक खुश हुई और शरमाई भी।

मैंने एक पत्रिका खरीदकर उसे भी दे दी और कहा कि अपनी सहेलियों तथा घरवालों को दिखाना। उसने पत्रिका हाथ में ली और दौड़कर दरवाजे से बाहर निकल गई। उसकी आँखों में चमक, होंठों पर मुसकान और मन में गुदगुदी खेल रही थी। शायद वह घर तक दौड़ती हुई गई होगी।

उसके बाद जब वह एक दिन प्रेस के लिए कपड़े लेने आई तो उसे देखकर मुझे बड़ा आश्चर्य हुआ। उसके बालों में ढेर सारा तेल पड़ा हुआ था और चोटी भी की गई थी, किंतु बहुत बेढंगी। काजल भी विचित्र ढंग से लगा था। वह माँगी हुई, जगह-जगह फटी-सिली, किंतु सिर्फ पानी से धुली हुई फ्रॉक पहने हुए थी। उसकी चाल में एक अनोखी ठसक थी और मुसकान में पहले जैसी मधुरता के स्थान पर कुछ घमंड-सा झलकता दिखाई दिया।

उसका लजाने का ढंग भी कुछ विचित्र सा लगा। ऐसा लगा जैसे वह अपने आपको धोबन की लड़की न समझकर किसी परीलोक की राजकुमारी समझ रही है।

मेरे सामने वह अधिक नहीं बोलती थी और चूँकि उस समय वह मुझे अधिक रुचिकर भी नहीं लग रही थी, अत: हलकी सी मुसकान उसकी ओर फेंककर मैं अपने काम में लग गया। उससे कोई बातचीत मैंने नहीं की।

अगले दिन उसकी माँ के द्वारा पता चला कि जब से उसका 'फोटू' किताब में छपा है, उसकी नाक बहुत चढ़ गई है। किसी से भी ढंग से बात नहीं करती और करती भी है तो केवल उससे, जो उसके 'फोटू' की तारीफ करता है। अपने 'भइया-बहिनिन' तक से 'जादा' बात नहीं करती है और अपनी कई 'सहेलियों' से तो उसने लड़ाई भी कर ली है। कभी-कभी तो उसकी (धोबन की) 'कही' भी नहीं सुनती है। बड़ी ढीठ हो गई है 'कमबख्त'।

और भी बहुत सी बातें उसने बताईं। बात साफ थी कि चित्र छपने के बाद से उसे घमंड

हो गया था और वह अपने आपको कुछ अधिक ही सुंदर समझने लगी थी।

एक दिन उसकी माँ ने बताया कि कल उसके 'बाप' ने उसे बहुत मारा। वह शराब पिए हुए था और वह उसकी बात नहीं सुन रही थी। सिर में ढेर सारा 'कड़ुआ तेल' डाले 'शीशा' के आगे बैठी 'पटियाँ' सँवार रही थी। उसके बाप ने गुस्से में आकर तेल की पूरी शीशी उसकी 'खोपड़ी' पर उड़ेल दी।

मुझे बहुत बुरा लगा। फिर कई दिनों तक उसकी कोई चर्चा नहीं हुई और न ही वह मुझे दिखाई पड़ी। मैं इस घटना को लगभग भूलने सा लगा था। अचानक एक दिन मुझे फिर से दरवाजे पर पहले जैसी थपथपाहट और 'खोलो' की आवाज सुनाई दी। मैंने उसकी आवाज पहचान तो ली, द्वार भी खोला; किंतु कोई उत्साह मेरे मन में नहीं था।

वह उसी तरह सिर पर गठरी रखे हुई थी। शायद प्रेस किए हुए कपड़े देने आई थी। वह कुछ कमजोर सी लग रही थी। उसने मेरी ओर देखा, किंतु मेरे मुसकराने पर भी वह न तो हँसी और न ही शरमाई। उसकी आँखों में तैरती उदासी साफ दिखाई दे रही थी। उसकी फ्रॉक भी बहुत मैली हो रही थी। बालों में तेल था, किंतु कम।

उसने मेरे सामने गठरी रखी, उसे खोला और वही पत्रिका, जिसके मुखपृष्ठ पर उसका चित्र छपा था, मेरे सामने पटक सी दी। मैंने उसकी ओर देखा। उसके चेहरे पर चिड़चिड़ेपन के साथ-साथ झल्लाहट भी थी। मेरी समझ में कुछ नहीं आया। मैंने समझने का प्रयत्न किया भी नहीं और न ही उससे बात की। सामने पड़ी पत्रिका पर एक नजर डाली और अपने काम में जुट गया।

कुछ दिनों के बाद उसकी माँ के द्वारा पता लगा कि वह अब फिर 'ठीक' हो गई है। 'सहेलियों' से भी बतियाने लगी है। शीशा के सामने भी नहीं बैठती। उस (धोबन) की बात भी सुनने लगी है।

बड़ी देर तक वह उसके सुधरने की बातें सुनाती रही। मैं सुनता रहा और खुश होता रहा। मैंने भी सोचा—चलो, अच्छा ही हुआ।

आज भी वह आई थी प्रेस किए हुए कपड़े देने। उसके सिर पर गठरी थी। फ्रॉक गायब थी। खाली चड्ढी चमक रही थी।

मैंने उसकी ओर देखा, उसने मेरी ओर। मेरे मुसकराने से पहले ही वह मुसकरा दी। मैंने देखा, उसकी आँखों में काजल नहीं है, किंतु सच्ची मुसकान की झलक है। उसके बाल उलझे हुए हैं, किंतु भले हैं। उसका तन मैला है, किंतु मन साफ!

मैंने उससे पूछा, "फोटो खिंचवाओगी?"

वह नाक सिकोड़कर सिर को हलका सा झटका देते हुए बोली, "मुझे नहीं खिंचवाना फोटू-ओटू!"

प्रायश्चित्त

—राष्ट्रबंधु

अस्त-व्यस्त सा एक व्यक्ति चाय के कुल्हड़ को ऊपर उछालता और पकड़ने के लिए भागता। कभी उसे कैच कर लेता, कभी कुल्हड़ जमीन पर गिरता तो उसे अपने जूतों से रौंद डालता। छोटे-छोटे टुकड़ों को उछालता और फिर कैच करने की कोशिश करता। उस समय वह किसी को धक्का मारता तो लोग बेकार की तकरार से बचने के लिए अपने को समझाते, हट जाते। कुछ लोग ऐसे भी थे जो मुठभेड़ के लिए अड़ जाते और लड़ बैठते।

दुकानदार कहते, ''बेकार में क्यों अपने आपको उलझन में डाल रहे हो। यह व्यक्ति पागल है।''

''यह तो अपने डॉक्टर साहब हैं।'' मनसुख काका ने चाय पीना छोड़कर बताना शुरू किया।

प्रभाकर ने प्रश्न किया, ''डॉक्टर?''

और डॉक्टर ने भीड़ में से एक विद्यार्थी को पकड़ा तथा समझाना शुरू किया, ''मेहनत की पढ़ाई का सर्टिफिकेट लेना, नकल का सर्टिफिकेट लेकर मत घूमना।''

विद्यार्थी हंसू था। उसने कहा, ''बात तो आप सही कहते हैं, हमारे मास्टर साहब भी यही कहते हैं। डॉक्टर और मास्टर—दोनों की भाषा एक है; लेकिन आपकी हालत ऐसी क्यों है? आपने क्यों ऐसा हाल बना रखा है अपना?''

डॉक्टर चुपचाप चला गया, लेकिन उसके बारे में चर्चा चलती रही।

हंसू ने मनसुख से पूछा, ''क्या आप इन डॉक्टर साहब को जानते हैं?''

ढोकला और पापड़ी खाना छोड़कर मनसुख काका ने बताया, ''डॉक्टर साहब मि. आर. हैं। कुछ दिनों से परेशान हैं। शरीर से आदमी और कर्म से राक्षस हैं।''

हंसू ने पूछा, ''आप इन्हें कब से जानते हैं?''

मनसुख काका ने बताया, ''मैं इन्हें इनके विद्यार्थी-काल से जानता हूँ। पढ़ने की बजाय अपना समय खुराफात करने में बिताते थे। इनके साथी-संगी जैसा चाहते, इनको घुमाते थे। इन्होंने किसी का अनुशासन नहीं माना। मनमानी करने में पूरी लगन लगा देते थे।''

मि. आर. अपने पिता पर रोब जमाता और जन्म देने का टैक्स उनसे वसूल करता। मनचाही चीजें खरीदने की जिद करता और इसमें देरी होने पर कहता, 'आपने मुझे पैदा ही क्यों किया, जब आप मेरी आवश्यकता पूरी नहीं कर सकते।'

निरुत्तर माता-पिता हतप्रभ हो जाते, अपनी जरूरतों में कटौती करके उसकी महत्त्वाकांक्षाओं की पूर्ति उधार व्यवहार लेकर करते और अपनी परेशानी ही बढ़ाते रहे।

हंसू ने प्रश्न किया, ''डॉ. आर. स्कूल में किस तरह के विद्यार्थी थे?''

मि. आर. मास्टर को सर्वेंट मानता और उसकी नाक में नकेल डाले रहता था। पढ़ाई के अलावा उसका संबंध हर चीज से जुड़ जाता। किस मास्टर की किससे दोस्ती है, किससे रिश्तेदारी है, किससे लेन-देन है आदि विषयों में उसकी गवेषणा चलती थी। इनके आधार पर कक्षा पास करने के लिए वह तिकड़म से काम चलाता था। स्वयं बिना परीक्षा दिए अन्य को परीक्षा में बिठाकर उसने डॉक्टर की उपाधि जब अर्जित की तो पढ़ानेवालों ने चैन की साँस ली।

हंसू ने रखी हुई चाय एक बार में खत्म कर दी। मनसुख काका ने साग-भाजी पहुँचाने की जल्दी में चलना चाहा तो हंसू ने अपनी उत्सुकता वहीं स्थगित कर दी।

कुछ दिनों बाद बस्ती में गरबा नृत्य प्रतियोगिता का विशाल आयोजन किया गया था। कई टोलियाँ उसमें प्रतिभागिता के लिए आई थीं। सारी रात जागने का इंतजाम करके लोग शुभारंभ की तैयारियाँ कर रहे थे। हंसू भी पॉलीथिन पैक में मूँगफली के दाने टूँग रहा था। तभी उसने मनसुख काका को देखा। वह दौड़कर उनके पास गया।

बात के अधूरे सिलसिले को उसने शुरू कर दिया, ''डॉ. आर. की प्रैक्टिस किस तरह चलती थी, काका?'' उसने पूछा।

मनसुख काका ने बताया, ''डॉक्टर बन जाने पर उन्होंने सैकड़ों रोगियों से अपनी आमदनी जारी रखी। रेडियो, टी.वी. के विज्ञापनों, दवाई बनानेवालों के इश्तहारों और एजेंटों से उसने डॉक्टरी करना सीखा और मर्जों की दवाइयाँ याद कीं। उसके सीखते-सीखते कई रोगी परलोक सिधार गए और जो बचे, वे अपाहिज हो गए।

''ऐसे अपाहिज, दीन और निर्धन व्यक्तियों ने शेष जीवन के लिए डॉ. आर. से लड़ाई लड़ने की लाचारी को समय बरबाद करना मान लिया। कुछ अपने भाग्य को कोसकर चुप बैठ गए।

''डॉ. आर. को कुछ लोग 'राक्षस' कहने लगे थे। जब उनके क्लीनिक में रोगियों की संख्या कम होने लगी तो डॉ. आर. ने नई युक्ति निकाली। रोगियों को कम दाम की दवा देने लगे और लंबे इलाज में ज्यादा दाम वसूल करते रहे। बाहर से खरीदनेवाले को कीमती दवा खरीदवाते और जब खुद देते तो सस्ते दाम की गोली से काम चलाते। रोगी को लटकाए रखने के लिए उनके पास कई तरीके थे।''

हंसू ने पूछा, ''वे तरीके क्या थे?''

''यही कि डॉक्टर साहब कभी फायदा नहीं होने देते थे। फँसा हुआ शिकार न चला जाए, इतना ही तो करना था। अपनी समझ में न आने का लाभ भी उन्हें लेना था। जाँचों के लिए वे अपने ही व्यक्तियों के पास भेजकर अपना हिस्सा ले लेते थे। नकली बीमारों को सर्टीफिकेट देकर भी उनका धंधा और व्यवहार चलता था। ऐसा करते रहने से बड़े-बड़े अधिकारियों से उन्होंने रसूक, सलूक बना लिये थे। इसे जानकर डॉक्टर साहब के सताए लोगों ने मुँह सी लिये थे।''

हंसू ने कहा, ''राक्षस कब नहीं रहे थे, हैं और रहेंगे।''

तभी गरबा प्रारंभ हो गया। संगीत और गायकों के समवेत स्वर गुंजायमान होने लगे।

मनसुख काका और हंसू के अगल-बगल के लोगों ने शांत रहने के लिए इन दोनों से कहा। बेचारे ये चुप बैठ गए।

इसी बीच डॉ. आर. के पिताजी दिखाई दिए। मनसुख काका ने इशारा किया और हंसू के साथ उस कार्यक्रम परिसर से बाहर चले गए।

मनसुख काका ने हंसू से कहा, ''इनसे मिलिए, ये हैं डॉ. आर. के पिताश्री हरिभाई।''

हंसू ने नमस्कार किया और कहा, ''आप डॉ. आर. के पिताजी हैं?''

हरिभाई ने विषाद के स्वर में कहा, ''डॉ. आर. को अपना पुत्र कहने में मुझे शर्म आती है। मैं उससे इलाज नहीं कराता। मैं उसके दंद-फंद से परिचित हूँ। अस्पताल की दवाइयाँ उसके घर बिका करती थीं। जब उसे अस्पताल में बैठना चाहिए था, तब वह सरकारी गाड़ी पर किसी रोगी को देखने गया हुआ मिलता था। फीस का फायदा क्यों छोड़ता। किसी की हिम्मत नहीं थी जो उसका सामना करता। साँईं ये न विरोधिए…''

''डॉक्टर साहब का कहना था, 'परोपकार पर मेरी आस्था नहीं है। जानते हो, पढ़ाई और नौकरी पाने में मैंने रुपए गँवाए नहीं, लगाए हैं। अब अगर मैं कमाई करता हूँ तो इसमें गलत क्या है?' ''

उसी समय शोरगुल सुनाई दिया। लोग 'पागल-पागल' कहकर एक व्यक्ति को बाहर धकेलते हुए ला रहे थे। यह डॉ. आर. थे।

हंसू ने डॉ. आर. को अपने पास बुलाया। हरिभाई अपने ही बेटे के अपमान को उसके कुकृत्यों का परिणाम कहकर वहाँ से हट गए। मनसुख काका ने जरूर हमदर्दी दिखाई और खदेड़नेवालों को ललकारा, ''पागल के पीछे तुम लोग क्यों पागल बन गए हो?''

डॉ. आर. अस्फुट भाषा में कह रहा था, ''मेरे पुत्र को पीलिया हो गया था। मेरा प्यारा बेटा राकेश मर गया। क्या नहीं किया मैंने उसके लिए! खाना-पीना, मिलना-जुलना सब छोड़ दिया। जो भी दवा देता, उसका असर उलटा होता। जो इंजेक्शन लगाता, उसका रिएक्शन होता।

वह जगह सूज जाती। मुझे पहली बार अनुभव हुआ कि मेरी पढ़ाई निष्फल है। मैंने पढ़ा ही कब था, परीक्षा पास की थी। सिवा पछताने के अब और किया ही क्या जा सकता था। बस्ती में बाहर निकलने की प्रतिकूल परिस्थिति समझ में आती थी।

''अपने लाड़ले पुत्र के इलाज के लिए मैं बड़े-बड़े शहरों में गया। शहर का हर डॉक्टर मुझे अपने जैसा लगता था। अपने को बहुत तैयार करके मैंने एक डॉक्टर पर विश्वास किया। सारी कमाई न्योछावर कर दी। कोई फायदा नहीं हुआ। लोगों के शाप परछाइँयों की तरह मुझे बेचैन करने लगे। मुझे अहसास हुआ कि तीमारदारों की बेचैनी कैसी थी और मेरी लापरवाही का परिणाम भी मुझे ही भोगना होगा। मेरी कच्ची पढ़ाई और बेईमानी की कमाई ने मुझे धोखा दिया। मेरा पुत्र राकेश चला गया। दूसरों की पीड़ा का अनुभव करा गया।''

मनसुख काका ने हंसू से कहा, ''प्रायश्चित्त की इस आग में एक रोशनी भी है। इसके प्रकाश में हमें अपना रास्ता तय करना है।''

गरबा नृत्य के साथ स्वर गूँज रहे थे, 'मैं तो आरती उतारूँ रे, संतोषी माता की।'

होली की शैतानी

—रोहिताश्व अस्थाना

हल्ले के शैतान बच्चों ने होली की तैयारी आरंभ कर दी थी। इन सभी बच्चों का मुखिया था—नटखट। उसके तीन अन्य साथी थे—झटपट, झगड़ू और बदलू। इन सबके घर चौराहे के पास मुख्य सड़क के किनारे-किनारे थे।

नटखट ने झटपट और झगड़ू को छत पर रहकर नीचे डोरी लटकाए रखने का निर्देश दे रखा था। डोरियों में काँटे लगे थे। नटखट और बदलू नीचे सड़क पर ही सीधे-सादे और भले आदमियों की तलाश में थे।

इतने में धोती-कुरता और सदरी पहने एक अधेड़ उम्र का सीधा-सादा और नाटा आदमी उन्हें दिखाई दिया। उसके कंधे पर एक चादर थी। नटखट ने चुपके से आदमी के कंधे की चादर में फँसा दिया और झटपट ने आनन-फानन में चादर को ऊपर छत पर खींच लिया। वह आदमी चौंक पड़ा। नटखट और बदलू हँस पड़े।

आदमी बोला, ''ए लड़के, मेरी चादर क्यों खींच ले गए? लाओ, जल्दी से दे दो।''

लड़के बोलते, ''चादर मिलेगी, पर पहले होली का चंदा दो पाँच रुपए।''

गाँव का सीधा-सादा आदमी शहर में आकर फँस गया। उसकी चादर नई थी, इसलिए उसने पाँच रुपए निकालकर देने में ही अपनी भलाई समझी।

नटखट पाँच रुपए पाते ही चिल्लाता, ''चादर छोड़ो।'' डोरी से चादर नीचे आती और आदमी उसे लेकर चलता बनता।

तभी एक दूसरा आदमी, जो सिर पर पगड़ी बाँधे था, नटखट के चक्कर में पड़ गया।

उसकी पगड़ी भी पाँच रुपए में वापस मिली।

यह योजना कई दिनों तक चली। एक दिन सुबह-सुबह एक बैलगाड़ी मंडी की ओर जा रही थी। बैलगाड़ी में बहुत से थैलों में खोया (मावा) रखा हुआ था। गाड़ीवान आगे की ओर एकटक सड़क पर देखता हुआ बैलों को हाँक रहा था। नटखट और बदलू गाड़ी के पीछे-पीछे चलते रहे और चुपके से एक थैला उठाकर भागे। गाड़ीवान को जब तक खबर हुई तब तक इन दोनों बच्चों ने थैला डोरी के सहारे छत पर पहुँचा दिया।

थैले में कम-से-कम आठ-दस किलो खोया था। गाड़ीवान ने उतरकर कहा, ''भैया, थैला दे दो, क्यों मजाक करते हो?''

नटखट ने कहा, ''दादा, पहले होली का चंदा दो, तब थैला लो!'' देखते-ही-देखते बैलगाड़ी के पास भीड़ लग गई। गाड़ीवान ने सोचा, अगर इन लड़कों से झंझट किया तो भीड़ में और भी थैले गायब हो सकते हैं। अत: उसने दस रुपए का नोट निकालकर नटखट को दे दिया।''

नटखट ने कहा, ''दादा, दस रुपए नहीं, बीस रुपए दो। रंग भी तो महँगा हो गया है।''

गाड़ीवान को मंडी भी जल्दी ही पहुँचना था। इसलिए उसने बीस रुपए देने में ही भलाई समझी। नटखट को बीस रुपए मिलते ही थैला डोरी के सहारे नीचे आकर गाड़ीवान के पास पहुँच गया। होली के दिन तक इन लड़कों ने बहुत से रुपए एकत्रित कर लिये।

नियत समय पर होली जलाई गई। पूजन हुआ और रंग-गुलाल की बारी आ गई। चारों शैतान बच्चों ने अपने चेहरों पर तेल और कालिख पोत रखी थी। वे पहचाने नहीं जा रहे थे। वे सिर पर होली की टोपी और बदरंग कपड़े पहनकर रंग के मैदान में उतर पड़े थे। चौराहे के पास जानवरों के पानी पीने का एक गहरा टैंक था। इन बच्चों ने उसमें पानी भरवाकर गाढ़ा रंग घोल रखा था।

इनके साथ तमाम अन्य लड़के भी शामिल हो गए थे। तरह-तरह की पिचकारियाँ इन बच्चों ने अपने हाथों में बंदूकों की तरह सँभाल रखी थीं।

इतने में अहमद दूध से भरी बालटी लिये हुए उधर से निकला। उसके पिता मोहल्ले के मशहूर पहलवान थे और अपने अहाते में दूध की डेरी चला रहे थे। अहमद अपने ग्राहकों के घर दूध बाँटने जा रहा था।

नटखट ने अपनी पिचकारी अहमद पर तान दी। देखते-ही-देखते वह रंग से सराबोर हो गया। झगड़ू ने भी अपनी पिचकारी से उसपर रंग फेंका। अहमद की बालटी का दूध रंग-बिरंगा हो गया।

अहमद दूध की बालटी लेकर भागा और जल्दबाजी में जो डगमगाया तो दूध की बालटी सहित जमीन पर चारों खाने चित हो गया।

बालटी भर दूध फैल जाने से वह बहुत सहम गया और किसी प्रकार वह खाली बालटी लेकर रोता हुआ घर की ओर भागा। उसके पिता पम्मी पहलवान ने जब अपने बेटे अहमद का यह हाल देखा तो वह गुस्से से भर उठा।

उसने पूछा, "यह सब क्या हुआ? कैसे हुआ?"

बेचारे अहमद ने रुआँसे स्वर में सारा हाल कह सुनाया। पम्मी पहलवान अपना पठानी कुरता और पाजामा पहनकर अहमद के साथ निकल पड़ा। पूरे मोहल्ले में उसकी धाक थी। पम्मी पहलवान और अहमद को देखते ही उन शैतान लड़कों की सिट्टी-पिट्टी गुम हो गई।

अहमद के इशारे पर पम्मी पहलवान ने नटखट और झगड़ू की कलाई पकड़कर उमेठते

हुए कहा, ''क्यों बे, बालटी भर दूध जो तुमने बरबाद कर दिया, उसका दाम कौन देगा?''

पम्मी पहलवान की गुर्राहट और अपनी कलाई की चरमराहट से नटखट और झगड़ू की घिग्घी बँध गई। वे दोनों गिड़गिड़ाते हुए बोले, ''पहलवानजी, हमें माफ कर दीजिए, हमसे गलती हो गई। भविष्य में हम ऐसा नहीं करेंगे।''

पम्मी पहलवान फिर गरज उठे, ''रंग खेलो, पर देखकर खेलो, जिससे किसी का नुकसान न हो। शैतानी करो, पर इतनी मत करो कि दूसरों का दिल दुखे।''

इतना कहकर पम्मी पहलवान अपने बेटे अहमद के साथ घर वापस चला गया। शैतान बच्चों ने राहत की साँस ली। इतने में उधर से गौरव निकला। शायद वह किसी काम से अपने मित्र के घर जा रहा था। वह नटखट का सहपाठी था। पढ़ने-लिखने में सदा आगे रहने के साथ-साथ वह स्वाभिमानी तथा हेकड़ स्वभाव का भी था। नटखट ने उसे भी सबक सिखाने की सोची।

उसने अपने शैतान मित्रों की सहायता से गौरव को पकड़कर रंग के टैंक में ही डाल दिया।

नटखट बोला, ''अब कहो गौरव, पढ़ने में भले ही तुम तेज हो और हम लोग फिसड्डी, पर तुम मास्टरजी से शिकायत करके हमें सजा दिलवाते रहते हो न! अब कहो। ठंडे-ठंडे रंगीन पानी में मजा आ रहा है न!''

झगड़ू बोला, ''इसे रंग के टैंक में ही पड़ा रहने दो। सारी हेकड़ी निकल जाएगी और पढ़ाकू होने का घमंड चूर हो जाएगा।''

गौरव को तैरना नहीं आता था, अत: वह ठंडे-ठंडे रंग के पानी में ठिठुरते हुए डूबने सा लगा।

वह अपने बचाव के लिए जोर-जोर से चीखने-चिल्लाने लगा। इधर ये शैतान बच्चे जोर-जोर से ताली बजाकर हँसी-ठट्ठा कर रहे थे। गौरव तो लगभग डूबने लगा था, तभी उधर से तीन-चार सिपाही ड्यूटी पर आ निकले। उन्होंने लड़कों की भीड़ में हो-हल्ला और गौरव के चीखने का स्वर सुना।

वे ठहर गए और कड़ककर पूछा, ''क्या मामला है?''

वरदीधारी सिपाहियों को देखकर नटखट, झटपट, झगड़ू, बदलू और उसके साथी घबरा गए। सिपाहियों ने गौरव को रंग के टैंक से निकाला। वह ठंड से काँप रहा था।

सिपाहियों के पूछने पर गौरव ने सारी घटना कह सुनाई। सिपाहियों ने उन चारों को दो-दो थप्पड़ लगाते हुए कहा, ''चलो थाने, बेतों से तुम चारों की खातिरदारी करेंगे। तब जाकर तुम्हें सबक मिलेगा।''

इतना कहकर सिपाही उन चारों शैतान बच्चों को लेकर थाने की ओर चल पड़े। अब इन

बच्चों को शैतानी महँगी पड़ती दिख रही थी।

संयोग से तभी सड़क पर दूध से भरी बालटी ले जाते हुए पम्मी पहलवान दिखाई दिए। चारों बच्चे चिल्ला उठे, ''पहलवान चाचा! हमें बचा लीजिए। पहलवानजी! हमें बचा लीजिए।''

पम्मी पहलवान ने सिपाहियों के हाथ में इन शैतान बच्चों को देखा तो गुर्राकर बोले, ''सिपाहियो, इन्हें चार-चार बेंत हमारी तरफ से भी लगाना। इनको शैतानी का फल मिलना ही चाहिए।''

इसपर चारों बच्चे रोने लगे। तब पम्मी पहलवान को बच्चों पर दया आ गई। उन्होंने कहा, ''पहले तुम चारों इन सिपाहियों से माफी माँगो, तब हम तुम्हें छुड़ाएँगे।''

बच्चों ने माफी माँगी। उन्होंने अपने कान पकड़कर कहा, ''अब हम कभी शैतानी नहीं करेंगे और होली के त्योहार को हँसी-खुशी तथा मेल-जोल से मनाएँगे।''

पम्मी पहलवान की सिफारिश पर सिपाहियों ने चारों बच्चों को छोड़ दिया। उन चारों ने गौरव के घर जाकर उसके मम्मी-पापा से क्षमा माँगी और गौरव को बारी-बारी से अपने गले लगाया।

जान बची तो लाखों पाए

—विजयानंद

सूरज धीरे-धीरे धरती पर उतर रहा था। सुबह हो चुकी थी। चूँ-चूँ, चीं-चीं करते पंछी अपने पंख फड़फड़ा रहे थे। काँव-काँव करता कौआ इधर-उधर फुदक रहा था। बरगद के पेड़ की मोटी डाली की टहनियों के बीच बने घोंसले में सो रही गौरैया जाग उठी। भला वह इतनी सुबह क्यों नहीं उठती, पूरी रात तो सोई थी। उसपर इतने शोर-शराबे में किसको नींद लगती भला!

गौरैया ने भी चूँ-चूँ, चीं-चीं करना शुरू किया। सभी पक्षियों के साथ वह भी सूर्य का स्वागत करने लगी। उसके नन्हे-मुन्हे बच्चे भी घोंसले से इधर-उधर झाँकने लगे। वह भी मुँह खोलकर कुछ बोलना चाहते थे, किंतु इतने छोटे थे कि आवाज नहीं निकल पा रही थी।

गौरैया ने अपने बच्चों की तरफ देखा। उसे लगा कि उसके बच्चे भूखे-प्यासे हैं। उसने अपनी भाषा में बच्चों को समझाया। फिर अपने पंख फड़फड़ाती उड़ गई। कुछ देर बाद वह भोजन जुटाने चल पड़ी।

सामनेवाले पीपल के पेड़ पर एक बंदर रहता था। वह नकल उतारने में बहुत माहिर और शरारती था। एक बार एक ठेलावाला टोपियाँ बेचता आया। उसने उस पेड़ की छाया में आराम करना चाहा। ठेले को खड़ा कर वह एक टोपी अपने सिर पर लगाकर पेड़ के तने के पास बैठ गया। बंदर ऊपर से देख रहा था।

वह झटपट पेड़ से नीचे उतर आया। लपककर ठेले पर चढ़ गया और ठेलेवाले की तरह उसने भी टोपी अपने सिर पर लगा ली। जब तक ठेलेवाले दौड़कर ठेले के पास आता, वह

लपककर पुनः पेड़ पर चढ़ गया। ठेलेवाला उसे घूरता रहा…और उसने खीसें निपोरकर उसे चिढ़ाया।

बंदर की यह हरकत देखकर ठेलेवाला सोचने लगा, एक तो इस मूर्ख ने मेरी पच्चीस रुपए की टोपी ले ली, ऊपर से खीसें निपोरकर मुँह चिढ़ा रहा है। देखो तो कैसे बहरूपिए जोकर की तरह लग रहा है।

ठेलेवाले ने अपनी टोपी उतारकर हाथ में ले ली। वह सोचने लगा। आज का दिन ठीक नहीं बीतेगा। इस मूर्ख ने मेरी साइत खराब कर दी। उसने उससे टोपी माँगी।

उसने देखा, वह भी उसी की तरह हाथ फैला रहा था। उसने भी उसकी तरह टोपी हाथ में

ले ली थी और दाँत दिखा रहा था।

ठेलेवाले ने सोचा, यह तो एकदम मेरी ही नकल कर रहा है।

ठेलेवाले ने अपनी टोपी पुनः सिर पर लगा ली। बंदर ने भी ऐसा ही किया। अब ठेलेवाला समझ गया कि यह बंदर मूर्ख है। जैसा मैं कर रहा हूँ वैसा ही यह भी कर रहा है। उसने झटपट उसे दिखाकर अपने सिर की टोपी उतारी और ठेले के ऊपर फेंक दिया। बंदर ने भी वैसा ही किया। वह टोपी ठेले में आ गिरी। वह जल्दी-जल्दी ठेले को भगाता चल दिया।

उसी बंदर ने आज गौरैया के बच्चों को देखा था। गौरैया उधर चारा लाने गई···और यह घोंसले के पास पहुँच गया। उसने बच्चों को देखा, फिर कूदते-फाँदते मुँह में पानी भरकर आया और बच्चों के ऊपर उड़ेल दिया।

बंदर की भारी-भरकम देह देखकर गौरैया के बच्चे डर गए। उन्हें भय था कि कहीं यह हमें खा न जाए। हमारा घोंसला न उजाड़ डाले। ऊपर से बंदर ने नकल में ढेर सारा पानी उन सबके ऊपर उड़ेल दिया। वह बैठकर तमाशा देख रहा है कि ये बच्चे कैसे मुँह खोल रहे हैं, कैसे ठंड से काँप रहे हैं।

बंदर काफी देर तक तमाशा देखता रहा। इतने में वहाँ गौरैया आ गई। उसने देखा कि बंदर बड़ी शान से बैठा है और उसके बच्चे काँप रहे हैं। घोंसले से पानी टपक रहा है। वह भी डर गई कि कहीं उसके दुलार से पाले गए बच्चों को बंदर मार न डाले। इतनी मेहनत से बनाया गया उनका घोंसला न उजाड़ डाले। यह सोचकर वह और डर गई। उसने चीं-चीं, चूँ-चूँ कर बंदर से विनती की कि वह चला जाए; किंतु बंदर उसे भी दाँत दिखाने लगा।

वह दौड़कर कौओं के पास गई। गौरैया की बात सुनकर कौओं को उसपर दया आ गई। उन्होंने कहा, ''गौरैया बहन! हमारे और साथी तो इधर-उधर चले गए हैं। हम दो ही हैं। चलो, हिम्मत करते हैं। बंदर के सिर पर चोंच मारेंगे। वह खुद ही भाग जाएगा। यह जरूर है कि अगर उसने हमें अपने पंजों में पकड़ लिया तो अवश्य मार डालेगा।''

गौरैया बोली, ''हाँ, भाई! मेरे बच्चों की जान खतरे में है। आप लोग तेजी से उसके सिर पर चोंच मारकर उड़ जाइएगा। वह नहीं पकड़ पाएगा।''

वे दोनों गौरैया के साथ आए। उन्होंने वैसा ही किया।

जब बंदर के सिर पर अपनी चोंच से कौओं ने दो-चार बार आक्रमण किया तो बंदर दाँत बजाते हुए अपने पेड़ पर आ गया। वह सोच रहा था—जान बची तो लाखों पाए। उधर गौरैया अपने बच्चों को दाना खिला रही थी। कौए अपनी विजय पर खुशी से फूले नहीं समा रहे थे।

गलतफहमी

—विनय कुमार मालवीय

सचिन और अजय एक ही कक्षा में पढ़ते थे। दोनों पढ़ने में काफी तेज थे। इससे मास्टर साहब प्राय: उन दोनों की प्रशंसा किया करते थे। उसी कक्षा में पढ़नेवाले मुकेश को यह अच्छा नहीं लगता था। इससे वह सचिन और अजय से नाराज रहता था। वह चाहता था कि किसी तरह उन दोनों में लड़ाई हो जाए। इसके लिए वह मौके की तलाश में रहता था।

एक दिन किसी कारणवश अजय स्कूल नहीं गया, तब मुकेश सचिन के पास पहुँचा। उसने सचिन से पूछा, "आज अजय नहीं दिखाई पड़ रहा है। क्या आज वह स्कूल नहीं आया?"

"हाँ, अभी तक वह नहीं आया।" सचिन ने बताया।

"वह तीन-चार दिन नहीं आएगा।" मुकेश ने कहा।

"क्यों, तुम्हें कैसे मालूम?" सचिन ने आश्चर्य से पूछा।

इसपर मुकेश बोला, "अजय ने कल मुझे बताया था। वह कह रहा था कि सचिन के कारण मैं पढ़ नहीं पाता हूँ। इसलिए तीन-चार दिन छुट्टी लेकर कोर्स पूरा करूँगा।"

यह सुनकर सचिन विस्मित नजरों से मुकेश को देखने लगा। उसे मुकेश की बातों पर विश्वास नहीं हो रहा था। उसने कहा, "तुम झूठ बोल रहे हो। अजय ऐसा नहीं कह सकता।"

"अगर तुम्हें मेरी बात का विश्वास न हो तो स्वयं अजय से पूछ लेना।" इतना कहकर मुकेश चल दिया।

सचिन आश्चर्य से मुकेश को देखता रह गया।

संयोगवश उसी दिन सचिन के घर कुछ मेहमान आ गए और वह दो दिन कॉलेज नहीं जा सका। दूसरे दिन अजय को अकेला देखकर मुकेश ने उससे पूछा, ''आज तुम्हारा दोस्त सचिन नहीं दिखाई पड़ रहा है।''

''आता होगा।'' अजय ने संक्षिप्त उत्तर दिया। इसपर मुकेश ने अजय से भी वही बात कही जो सचिन से कही थी। वह बोला, ''सचिन कह रहा था कि जब मास्टर साहब कक्षा में पढ़ाते हैं, तब तुम उससे इधर-उधर की बातें करते हो। इससे वह ठीक से नहीं पढ़ पाता।''

''तुम बेकार की बात मत करो। सचिन ऐसा नहीं कह सकता। तुम झूठ बोल रहे हो।'' अजय ने कहा।

यह सुनकर मुकेश घबरा गया। फिर उसने अपने को संयमित करते हुए कहा, ''मुझे झूठ बोलने से क्या मिलेगा? मैं क्यों झूठ बोलूँगा? सचिन ने मुझसे जो कहा था, वह मैंने बता दिया। तुम चाहे विश्वास करो या न करो।''

अब अजय को मुकेश की बात सच्ची लगी। वह मुकेश से फिर मिलने के लिए कहकर कक्षा में चला गया।

इसके बाद स्कूल में दशहरे की छुट्टी हो गई। एक सप्ताह बाद जब सचिन कॉलेज गया तब अजय उसे देखकर आगे बढ़ गया। वह उसके पास नहीं पहुँचा।

इस प्रकार सचिन और अजय जहाँ भी मिलते, दोनों एक-दूसरे को देखकर मुँह फेरकर चल देते। उन दोनों में बोलचाल नहीं होती थी। यह देखकर मुकेश बहुत खुश था। उसकी योजना सफल हो गई थी।

एक दिन सचिन की माँ ने उससे पूछा, ''बहुत दिनों से अजय नहीं आया। क्या बात है?''

परंतु उसने माँ की बात का उत्तर नहीं दिया। वह अपने काम में लगा रहा। इसपर माँ ने फिर पूछा तो उसने बात को टालते हुए कहा कि उसे कुछ पता नहीं है।

सचिन की बात सुनकर माँ को आश्चर्य हुआ। उन्हें सचिन की बात पर विश्वास नहीं हो रहा था। अजय तो सचिन का एक अच्छा दोस्त था। वह प्रायः घर भी आता था। उन्होंने सचिन से पूछा, ''क्या आजकल अजय से लड़ाई हो गई है?''

यह सुनकर सचिन चुप रह गया। उसके चुप रहने से माँ समझ गईं कि जरूर उन दोनों में कोई बात हो गई है। अब उन्होंने सचिन से कुछ और पूछना उचित नहीं समझा।

दूसरे दिन सचिन की माँ बाजार गई थीं। संयोगवश वहाँ उन्हें अजय दिखाई पड़ गया। उन्हें देखकर अजय ने हाथ जोड़े। इसपर उन्होंने उसे आशीर्वाद दिया और पूछा, ''बहुत दिन से तुम घर नहीं आए?''

''समय नहीं मिल रहा है।'' अजय ने संक्षिप्त उत्तर दिया।

''कोई बात नहीं। यहाँ तक आए हो तो आओ, घर चलो।'' माँ ने आत्मीयता से कहा।

यह सुनकर अजय असमंजस में पड़ गया। अब इनकार करना उससे बन नहीं रहा था। वह सचिन की माँ का बड़ा आदर करता था।

उसे चुप देखकर सचिन की माँ ने कहा, ''क्या सोच रहे हो? चलो, एक कप चाय पीकर चले जाना।''

अजय इनकार नहीं कर पाया। वह उनके साथ घर चल दिया। रास्ते में सचिन की माँ जब उससे कोई बात पूछतीं तो वह 'हाँ-हूँ' कहकर उत्तर देता था। इससे माँ को विश्वास हो गया कि

सचिन और अजय में जरूर अनबन हो गई है। उन्होंने उन दोनों के बीच सुलह कराने का निश्चय किया।

माँ जब अजय के साथ घर पहुँचीं तब सचिन नहीं था। वह कहीं गया हुआ था। कुछ समय बाद जब वह आया तो अजय को देखकर चौंक पड़ा। फिर वह दूसरे कमरे में चला गया। माँ को सचिन का यह व्यवहार अच्छा नहीं लगा। उन्होंने सचिन को अपने पास बुलाया। फिर उससे पूछा, ''तुम अजय को देखकर उसके पास नहीं आए। यह खराब बात है। यह तुम्हारे घर आया है, तुम्हें इसका सम्मान करना चाहिए।''

माँ की डाँट सुनकर सचिन कुछ नहीं बोला। वह माँ के पास आकर चुपचाप बैठ गया।

इसपर माँ ने कहा, ''लगता है, तुम दोनों में झगड़ा हो गया है। बताओ, क्या बात है?''

परंतु कोई कुछ नहीं बोला।

माँ ने दोनों की ओर देखा, फिर उन्होंने सचिन से पूछा, ''पहले तुम बताओ, क्या बात है?''

अब सचिन क्या करता। वह बोला, ''अजय कहता है कि मेरे कारण वह ठीक से पढ़ नहीं पाता।''

''यह मैंने कब कहा था?'' अजय ने आश्चर्य से पूछा।

''अब बनो मत। तुमने मुकेश से यह बात कही थी। उसने मुझे बताया था।'' सचिन ने बताया।

''यही बात तो मुकेश ने मुझसे भी कही थी कि मेरे कारण तुम्हारी पढ़ाई ठीक से नहीं हो पा रही है। इससे तुम्हें फेल हो जाने का डर है।'' सचिन की बात को बीच में काटते हुए अजय बोला।

''मैंने मुकेश से कभी ऐसी बात नहीं कही। तुम्हारे कारण मुझे पढ़ाई में कोई परेशानी नहीं होती, बल्कि लाभ होता है।'' सचिन ने कहा।

''मैंने भी कभी मुकेश से इस प्रकार की बात नहीं कही। तुम मेरी बात पर विश्वास करो।'' अजय ने कहा।

यह सुनकर सचिन की माँ बोलीं, ''मैं समझ गई। यह सब मुकेश की शरारत है। उसने झूठ बोलकर तुम दोनों में मनमुटाव करा दिया। तुम दोनों को उसकी बात पर विश्वास करने से पहले कम-से-कम एक बार एक-दूसरे से इस बारे में पूछ लेना चाहिए था। आज मुकेश खुश होगा। अब तुम दोनों मेरा कहना मानो और पुरानी बातें भूलकर फिर से अच्छे दोस्त बन जाओ।''

इसपर सचिन ने अजय का हाथ पकड़ते हुए कहा, ''मुझे माफ कर दो।''

''इसमें माफ करने की क्या बात है? गलती तो मेरी भी थी।'' अजय बोला।

यह देखकर सचिन की माँ के चेहरे पर खुशी छा गई। उन्होंने दोनों को मिठाई खिलाई। घर लौटते समय अजय बहुत खुश था।

दूसरे दिन स्कूल में सचिन और अजय को एक साथ बात करते देखकर मुकेश आश्चर्य में पड़ गया। सचिन और अजय ने उसे अपने पास बुलाया तो उन दोनों के पास आने की हिम्मत उसे नहीं हुई। वह मुँह फेर कर दूसरी ओर तेजी से चला गया।

नई साइकिल

—शकुंतला कालरा

तनु सातवीं कक्षा में पढ़ता था। वह पढ़ने में बहुत तेज था और क्लास में सदा पहला स्थान प्राप्त करता था। सारे अध्यापक उसे बहुत प्यार करते थे। अपने हँसमुख स्वभाव के कारण वह अपने साथियों को भी बड़ा प्रिय था। उसके माता-पिता उसकी सफलता पर बड़ा गर्व अनुभव करते। उनपर सर्वश्रेष्ठ अंकों का भूत सवार रहता। तनु की भी सदा यही इच्छा रहती थी कि वह मम्मी-डैडी की अपेक्षा के अनुसार सदा प्रथम आए। वह स्कूल से आते ही फिर किताबों में खो जाता था। शाम को उसके साथी खेलने के लिए उसे बुलाने आते। वह अकसर उन्हें मना कर देता था। हिंदी और संस्कृत उसे मम्मी पढ़ाती तो विज्ञान और गणित डैडी पढ़ाते। हमेशा प्रथम स्थान पाने का तनाव उसे घेरे रहता।

सत्र के अंत में एक नए बच्चे पंकज ने दाखिला लिया। वह भी बड़ा मेधावी छात्र था। इस सत्र में वह फर्स्ट आया। तनु बहुत उदास था, क्योंकि पिछले दो साल से वह ही लगातार फर्स्ट आ रहा था। एक नंबर से वह दूसरे स्थान पर था। उसे भय था कि अब उसे ब्लू ब्लेजर भी नहीं मिलेगा, जिसके लिए लगातार तीन साल पहला स्थान प्राप्त करना होता है।

''मुबारक हो, दोस्त!'' पंकज ने कहा तो तनु ने उसे बड़प्पन भरे तरस की निगाह से देखा। तनु ने उसे भी मुबारकबाद दी; पर उदासी उसके चहरे से झलक रही थी।

कक्षा के अध्यापक मिस्टर शर्मा थे। उन्होंने देखा कि जब से पंकज आया है, तनु उदास रहने लगा है। उन्होंने तनु को अकेले में बुलाया और पूछा, ''क्या बात है तनु, तुम पंकज के आने पर खुश नहीं हो?''

''नहीं सर, ऐसी बात नहीं है। पंकज बहुत अच्छा लड़का है और मेरा दोस्त भी है। मैं खुश हूँ, सर।'' तनु ने असलियत छिपाते हुए कहा।

''फिर भी उदास दिखते हो।'' शर्मा ने बड़े प्यार से तनु के कंधे पर हाथ रखते हुए कहा।

''नहीं सर, मैं उदास नहीं हूँ। मेरी मम्मी उदास है।'' तनु ने कहा।

''तुम फर्स्ट नहीं आए, इसलिए?''

''हाँ, सर, और अब मुझे नई साइकिल भी नहीं मिलेगी।''

''और डैडी?''

''उन्होंने मुझसे कुछ नहीं कहा, पर मम्मी से कह रहे थे कि वह अगली बार जरूर फर्स्ट आएगा। डैडी ने इसे अपनी प्रतिष्ठा का प्रश्न बना लिया है। उन्होंने मुझे तो शाबाशी दी और कहा कि अगली बार ज्यादा मेहनत करूँ।''

छुट्टी के बाद तनु घर आया। उसने बस्ता रखा और अपने बिस्तर पर चला गया। उस समय उसकी रसोई में थी। वह उसके लिए उसकी पसंद का मटर-पनीरवाला पुलाव बना चुकी थीं। रोज की तरह तनु ने हाथ-पैर धोए, कपड़े भी बदले; पर वह खाने की मेज पर नहीं आया। मम्मी ने जब मेज पर खाना लगाया तो देखा कि तनु अपने कमरे में था। उसे चिंता हुई कि क्या बात है? वह आया क्यों नहीं?

उसने वहीं से आवाज लगाई, ''आओ तनु बेटा! देखो, मैंने तुम्हारे लिए क्या बनाया है?''

''मुझे भूख नहीं है माँ, तुम खा लो।'' तनु ने वहीं से कहा।

''अरे, भूख कैसे नहीं है? क्या स्कूल में कोई पार्टी थी?'' अनु ने पूछा।

''नहीं माँ, मुझे नींद आ रही है, बस।'' तनु ने झूठ बोल दिया।

''अरे, आज मैच है। देख तो इंडिया जीत रही है।'' कहती हुई मम्मी कमरे में आ गई। उसे देखकर तनु ने आँखें बंद कर लीं, जैसे वह नींद में हो।

तनु सो गया। शाम को जब डैडी ऑफिस से आए तब तक तनु सो ही रहा था। उन्होंने आते ही पूछा, ''तनु कहाँ है?''

''वह सो रहा है।'' धीमी आवाज में उसकी मम्मी ने कहा।

''यह कौन सा समय है सोने का? देख लिया अपने लाड़ का नतीजा!'' उन्होंने गुस्सा होते हुए कहा। उनका मूड अभी तक खराब था।

''लीजिए, चाय पी लीजिए। तनु भी उदास लग रहा है।'' तनु की मम्मी ने मनाते हुए कहा।

''तुम्हें कितनी बार कह चुका हूँ, तनु की पढ़ाई को लेकर लापरवाही मत बरता करो; पर तुम्हें तो लोक-व्यवहार देखना होता है। भतीजे की शादी पर तुम उनके तीनों फंक्शन पर गईं।

कितने दिन खराब हो गए उसके!''

''पर वह तो एक ही दिन गया था—वह भी तीन-चार घंटे के लिए।'' तनु की मम्मी ने सफाई दी।

''देखो, अनु, ज्यादा बहस मत करो। वह नहीं गया तो क्या, तुम तो घर पर नहीं थीं।'' तनु के डैडी ने झुँझलाते हुए कहा।

''परीक्षा से पहले वह मुझसे पढ़ता कहाँ है! वह अपनी तैयारी खुद करता है। वैसे भी, सारा दिन पढ़ता रहता है। न खेलने जाता ही है, न पार्क में घूमने। उसके दोस्त बुलाने आते हैं, पर उन्हें वापस भेज देता है। मैच तक नहीं देखता। मुझसे स्कोर पूछ लेता है, बस।'' तनु की मम्मी ने

तरफदारी करते हुए डरते-डरते कहा।

तनु बिस्तर पर लेटे-लेटे सब सुनता रहा। उसे नींद नहीं आ रही थी। वह अब तक यही सोचता रहा कि खाली मम्मी ही उसके फर्स्ट न आने के कारण दुःखी हैं, पर डैडी भी उससे गुस्सा और नाराज हैं। उसे रोना आ गया।

दरअसल तनु को अपने फर्स्ट न आने का गहरा धक्का लगा था। वह दुःखी हो गया था। उसमें उदासीनता आ गई थी। इसके फलस्वरूप उसे बुखार हो गया था। ताप की मूर्च्छा में वह बड़बड़ाने लगा। उसकी मम्मी की समझ में कुछ भी नहीं आया। वह उसका मेडिकल सर्टिफिकेट लेकर स्कूल आईं और उसके क्लास टीचर शर्माजी से मिलीं। उन्हें तनु के बुखार के बारे में बताया तो वे सोच में पड़ गए।

''उसके जिम्मेदार हम हैं, आप हैं।'' सहसा उन्होंने कहा।

''हम ? आप क्या कह रहे हैं ?''

''हाँ, मैं ठीक कह रहा हूँ। जिस दिन से पहले सत्र का परिणाम आया है, वह उसी दिन से गुमसुम रहने लगा है। वह अब तक हमेशा पहले स्थान पर रहा है। अब अगर दूसरे स्थान पर आया तो इसका अर्थ यह तो नहीं कि वह आलसी या निकम्मा हो गया है, या उसकी पढ़ने की अभिलाषा कम हो गई है।''

''मैंने ऐसा कब कहा ?''

''वह ऐसा ही सोच रहा है। आप उसकी सफलता को नंबरों के तराजू से क्यों तौलती हैं ? और फिर, इसमें सिर्फ आपका दोष नहीं है। हमारी शिक्षा-प्रणाली ही ऐसी है कि हम बच्चों की योग्यता और सफलता को नंबरों के तराजू से तौलते हैं। ऐसा करने पर ज्ञान उसके लिए निरर्थक बोझ बनकर रह जाएगा।''

''मेरा मतलब यह नहीं था, सर।''

''मैं जानता हूँ, ऐसा आपने जानबूझकर नहीं किया है।''

तनु की मम्मी अपराधिनी-सी सब सुन रही थीं। उन्हें चुप देखकर शर्माजी ने फिर कहा, ''हमें सदा यह कोशिश करनी है कि बच्चे अंक पाने के लिए नहीं, बल्कि ज्ञान प्राप्त करने की खुशी के लिए मेहनत करें। अन्यथा हर अंक पानेवाला अपने को हीन और अभागा ही समझेगा, जो बहुत हानिकारक है। क़क्षा में दूसरा स्थान पाने पर तनु की भी लगभग यही स्थिति हो रही है।''

तनु की मम्मी सोच में पड़ गईं।

शर्माजी तनु में आए बदलाव से उसकी माँ को भी अवगत करा देना चाहते थे। अपनी बात को कहते हुए उन्होंने कहा, ''तनु बड़ा प्यारा लड़का है, पर कुछ दिनों से वह तनावग्रस्त लग रहा है। पहले वह रुचि से पढ़ता था, हर प्रश्न पूछता था। उसकी हर जिज्ञासा को पूरा करने में मुझे

बड़ा आनंद आता था; पर अब वह क्लास में चुप-चुप सा रहने लगा है। मुझे डर है कि सबसे अधिक अंक पाने की चाह में उसकी बौद्धिक सक्रियता ही न रुक जाए।'' शर्माजी ने उन्हें सावधान करते हुए कहा।

''हाँ, उसके व्यवहार में आए बदलाव को मैंने भी देखा है। इससे पहले कभी मैंने उसको अपने भाई के साथ चिढ़ते, खीझते या झुँझलाते नहीं देखा था। दोनों में गहरी मित्रता की भावना थी। अब वह बात-बात पर उत्तेजित हो उठता है, जैसे इसके साथ अन्याय हो रहा हो। दरअसल सबसे ज्यादा अंक लाने की बात तनु के मन और मस्तिष्क पर भारी बोझ के समान छा गई है। दूसरा स्थान पाना भी अपने आपमें कम बड़ी सफलता नहीं है; पर तनु इससे खुश नहीं है।''

''अनजाने में हमसे भयानक भूल हुई है। आज होड़ की दौड़ में हम भूल गए हैं कि पढ़ाई में सफलता प्राप्त करना शिक्षा का उद्देश्य है, न कि सबसे ज्यादा अंक लेना।'' तनु की मम्मी ने कहा।

''बिलकुल ठीक समझीं आप। जिस दिन बच्चा पढ़ाई को बोझ समझने लगेगा उसी दिन से उसकी उन्नति रुक जाएगी। मुझे उम्मीद है कि आप तनु को आगे बढ़ते देखना चाहेंगी।''

''बिलकुल, सर!''

''तो उसे आप सजा नहीं देंगी।''

''सजा? कैसी सजा?''

''उसे नई साइकिल न देकर आप उसे सजा ही तो दे रही हैं।''

''अरे, आपको कैसे पता?'' हैरान होते हुए तनु की मम्मी ने कहा।

''मुझे तनु ने सबकुछ बता दिया था।''

''शुक्रिया, सर!'' कहकर तनु की मम्मी स्कूल से बाहर आईं और पी.सी.ओ. से तनु के पापा को फोन किया। दोनों ने वहीं से प्रोग्राम बनाया कि वे दोनों तनु की पसंद की साइकिल लेकर घर आएँ।

नई साइकिल देखकर तनु का मन पुलक उठा। उसने अपनी मम्मी को बाँहों में भर लिया।

''मम्मी, तुम मेरे स्कूल गई थीं न?''

''हाँ बेटा, गई तो थी।''

''और यह साइकिल?''

''यह भी वहीं से लाए हैं।'' पापा ने हँसते हुए कहा।

तनु कभी साइकिल का पैडिल देखता तो कभी रंग और कभी उसकी सुंदर घंटी बजाकर खुश होता। अब उसकी खुशी की कोई सीमा न थी।

परिवर्तन

—शकुंतला वर्मा

तुषार अपने माता-पिता की अकेली संतान था। बड़ा ही बुद्धिमान, खुशमिजाज और खिलाड़ी प्रकृति का। मम्मी-पापा उसे बेहद प्यार करते थे। उसके कहने से पहले ही उसके मनपसंद खिलौने, किताबें वगैरह ले आते। तुषार देखता तो खिल उठता। दिन भर वह उन्हें लिये-लिये घूमता रहता; लेकिन अगले दिन ही उसका उस खिलौने या किताब से मन भर जाता। वह उनकी तरफ देखता भी नहीं।

तुषार पढ़ने में होशियार था। ड्राइंग भी अच्छी बनाता था। खेलकूद में भी अव्वल आता; मगर उसमें एक ही कमी थी। उसका जी किसी भी काम में ज्यादा देर न लगता। मम्मी-पापा के कहने से वह पढ़ने बैठता। जिस दिन मन लगाकर पढ़ता उस दिन उसके सभी काम साफ-सुथरे होते। स्पेलिंग और सवाल सही होते; लेकिन अधिकतर वह जल्दी-जल्दी होमवर्क पूरा करता और दोस्तों के साथ पार्क में खेलने चला जाता।

होमवर्क की कॉपी में जब मम्मी 'केयरलेस वर्क' का रिमार्क देखतीं तब बहुत दुःखी होतीं। उसे प्यार से समझातीं। कहती, ''तुषार बेटे, भगवान् ने तुम्हें बुद्धि दी है। तुम सब बातों में होशियार हो। जरा सी लापरवाही से अच्छा भला काम बिगाड़ देते हो। अगर थोड़ा सा मन लगाकर पढ़ो-लिखो तो अच्छे नंबर से पास हो सकते हो।''

''अब से पढ़ूँगा, मम्मी।'' कहकर वह करवट ले लेता या बातें करके मम्मी का ध्यान दूसरी तरफ बँटाने की कोशिश करता। मम्मी को इस बात का बेहद अफसोस था कि वह कीमती वक्त गँवा रहा है।

नए-नए खिलौनों और किताबों के लालच में मोहल्ले भर के बच्चे उसके दोस्त थे। पापा-मम्मी इधर खिलौना लाकर देते, उधर उसके सारे अंजर-पंजर ढीले हो जाते। कीमती-से-कीमती खिलौनों, किताबों, पेंटिंग के सामान का यही हाल होता। तुषार तो कम, उसके साथी ही खिलौने से अधिक खेलते और उन्हें तोड़-फोड़कर देते। किताबों के पन्ने फट जाते। कलर बॉक्स के रंगों का यह हाल होता कि पहचानना मुश्किल होता कि कौन सा रंग है। सब लिपे-पुते एक से काले-नीले लगते। जिस दिन पापा देख लेते उस दिन तुषार को दो-चार चाँटे पड़ जाते। उस समय तो रो-धोकर वह माफी माँग लेता और वायदा करता कि आगे से ऐसा नहीं करेगा; लेकिन उसका वायदा जबानी जमा-खर्च जैसा होता। इधर वायदा करता, उधर मस्ती में फिर भूल जाता।

एक दिन क्लास में मिसेज शर्मा हिंदी पढ़ा रही थीं। सारे बच्चे ध्यान से सुन रहे थे; लेकिन तुषार का ध्यान फील्ड में फुटबॉल खेल रहे बच्चों की तरफ था। अचानक मिसेज शर्मा की नजर तुषार पर पड़ी। उसे ध्यान न देते देख उन्हें बड़ा गुस्सा आया। उन्होंने तुरंत कहा, ''तुषार, मैंने अभी जो पैरा पढ़ाया है, उसका अर्थ तो बताओ।''

तुषार इधर-उधर देखने लगा। टीचर ने नाराज होकर कहा, ''तुषार, तुम्हें देखकर इतना अफसोस होता है कि क्या कहूँ? ईश्वर ने और बच्चों से कहीं ज्यादा अक्ल तुम्हें दी है। अगर मन लगाकर पढ़ो तो क्लास में फर्स्ट आ सकते हो; लेकिन मन न लगाने की बुरी आदत की वजह से हमेशा बस पास ही होते हो। तुम्हें शर्म नहीं आती?''

टीचर से डाँट खाकर तुषार खिसिया गया। चुपचाप सिर नीचे किए खड़ा रहा। उसे चुप देख मिसेज शर्मा को और भी गुस्सा आया। वह बोलीं, ''मैं जानती हूँ, तुम कभी नहीं सुधरोगे। ठीक है, इस पीरियड भर तुम बेंच पर खड़े रहो। और हाँ, छुट्टी के बाद तुम मेरे पास रुकोगे। आज मैंने जितना पढ़ाया है, उसके प्रश्नों के उत्तर लिखने के बाद ही तुम घर जाओगे।''

अब तुषार को काटो तो खून नहीं। जब उसने कुछ ध्यान से सुना और पढ़ा ही नहीं है तब कैसे वह प्रश्नों के उत्तर लिखेगा। घर देर से पहुँचेगा तो मम्मी-पापा कितना डाँटेंगे। आज तो वह बुरा फँसा। यहाँ भी डाँट और सजा मिली। घर पर क्या होगा, ईश्वर ही जाने। सोचते-सोचते तुषार की आँखों से आँसू बहने लगे। उसे अपने किए पर पछतावा हो रहा था।

छुट्टी का घंटा बजा। सारे बच्चे बस्ता उठाकर हँसते-खेलते घर चले गए। मिसेज शर्मा ने तुषार को रोक लिया। उसे फिर से पूरा पाठ पढ़ाया। फिर बोलीं, ''पाठ आज समाप्त हो गया है। अब कल घर से सभी प्रश्नों के उत्तर ठीक से लिखकर लाना। मुझे गंदा काम कतई पसंद नहीं है। तुम्हारे माता-पिता चिंता कर रहे होंगे, इसलिए छुट्टी दे रही हूँ, वरना रात तक यहीं बैठाए रखती।''

''थैंक्यू!'' कहकर तुषार घर चला आया।

उसका उदास चेहरा देखकर मम्मी ने पूछा, ''क्या बात है, तुषार? तुम्हारा मुँह क्यों उतरा हुआ है? घर भी देर से लौटे हो। क्या किसी से झगड़ा हुआ है?''

''नहीं मम्मी।'' कहकर तुषार एक मिनट चुप रहा। फिर क्लास में जो कुछ हुआ था, वह मम्मी को सच-सच बता दिया। सुनकर वह सन्न रह गईं। उन्हें अपने बेटे से ऐसी आशा नहीं थी कि वह क्लास में भी पढ़ने में मन नहीं लगाता है। उन्हें दुःखी देख तुषार और भी खिसिया गया। उसकी समझ में नहीं आ रहा था कि कैसे कुछ करे, जिससे सब ठीक हो जाए।

नाश्ता करके वह पढ़ने बैठा। पहले उसने पूरा पाठ पढ़ा, उसके बाद समझ-समझकर सारे प्रश्नों के उत्तर सुंदर लिखावट में लिखे। काम खत्म करके जब कॉपी मम्मी को दिखाई तो उन्होंने

प्यार से उसका माथा चूम लिया। बोलीं, ''बेटा, इसी तरह मन लगाकर काम करो तो न स्कूल में सजा मिले, न घर पर डाँट पड़े; मगर पता नहीं तुमने कैसा लापरवाही का स्वभाव बना लिया है! तुम्हारा जी किसी काम में नहीं लगता। घर भर में तुम्हारे कपड़े, खिलौने और किताबें बिखरी पड़ी रहती हैं। लेकिन क्या मजाल कि उठाकर रख लो। खैर, तुम्हारी मरजी। चाहो तो अच्छा इनसान बन सकते हो, न चाहो तो ऐसे ही रहो। मुझे क्या? जैसा करोगे वैसा ही भुगतोगे।''

उस समय तुषार को लगा कि माँ ठीक कह रही हैं। दो-चार दिन उसने अपने खिलौने, स्कूल का बस्ता, जूते, मोजे—सब ठीक से रखे। फिर वही ढाक के तीन पात। उसके दोस्त भले या खेल भला।

तभी एक दिन पार्क में एक नया लड़का आया। उसने आते ही अपना परिचय दिया। बोला, ''दोस्तो, मैं इस कॉलोनी में नया आया हूँ। मैं चौथी कक्षा में पढ़ता हूँ। मेरा नाम निर्मल है।''

तुषार, मुकुल, नदीम, सुहेल, अंकित—सभी ने अपने इस नए साथी का स्वागत किया। इधर-उधर की बातें होती रहीं। फिर फुटबॉल खेलने का प्रोग्राम बना। झटपट दो टीमें बन गईं। खेल शुरू होने ही वाला था, तभी तुषार ने गौर से देखा कि निर्मल के दाहिने हाथ और पैर सामान्य तरह से काम नहीं कर रहे थे।

उसे घूरते देख निर्मल बोला, ''मित्र, मेरा एक हाथ और एक पैर जन्म से ही ऐसे हैं। उस समय औजार से सिर में चोट लग जाने से मेरे दाहिने हिस्से पर फालिज गिर गया। मेरे पापा ने बहुत इलाज करवाया। रात-दिन मुझे तरह-तरह के व्यायाम करवाए। अब मैं आराम से चल-फिर लेता हूँ। अपना सारा काम अपने आप करता हूँ। बस, अंतर इतना ही है कि तुम लोग सारे काम दाहिने हाथ से करते हो और मैं बाएँ से। हाँ, मेरे पैर ज्यादा मजबूत नहीं हैं। इसलिए मेरी वजह से अगर गेम हार जाओ तो बुरा न मानना।''

इतना कहकर निर्मल अपनी टीम में शामिल हो गया। खेल शुरू हुआ। वह भी सब बच्चों के साथ खेलने लगा। तुषार, अंकित, नदीम—सब उसके जीवट को देखकर हैरान रह गए। एक पल के लिए भी उसने किसी को यह महसूस नहीं होने दिया कि वह विकलांग है।

खेल खत्म हुआ। निर्मल तुरंत ही सबसे विदा ले अपने घर चला गया।

तुषार और निर्मल एक ही कक्षा के छात्र थे। इसलिए जल्दी ही दोनों अच्छे दोस्त बन गए। कभी निर्मल तुषार के घर आ जाता, कभी तुषार उसके पास चला जाता। तुषार ने देखा कि विकलांग होने पर भी निर्मल बड़े उत्साह से सारा काम करता है। उसका कमरा हमेशा साफ-सुथरा रहता है। करीने से किताबें मेज पर रखी होती हैं। खिलौने अलमारी में सजे रहते हैं।

एक दिन तुषार स्कूल से लौटकर निर्मल को खेलने के लिए बुलाने गया। उसने देखा कि

निर्मल अपने लॉन में क्यारी बनाकर उसमें फूलों के पौधे लगा रहा है। उसे इतनी लगन से पौधे रोपते देख तुषार ठगा सा खड़ा रह गया। उसे लगा कि निर्मल एक हाथ से ही हर काम कर पाता है; लेकिन वह किसी भी काम को करने से पीछे नहीं रहता। उलटे अधिक उत्साह, आत्मविश्वास और लगन से हर काम करता है। पढ़ने में तेज है। हर खेल को खेलने का प्रयास करता है। एक वह खुद है, जो हर तरह से समर्थ है। ईश्वर ने उसे बुद्धि भी दी है, स्वस्थ हाथ-पैर दिए हैं, फिर वह क्यों हर काम को करने से कतराता है? उसने अपने मन को टटोलकर देखा। मन के चोर को पकड़ उसे अपने आप पर बड़ी लज्जा आई। उसे लगा कि जब निर्मल विकलांग होकर सामान्य जीवन जी सकता है तो फिर वह क्यों नहीं?

बस, उस दिन से तुषार की जीवन-धारा ही बदल गई। उसने निश्चय कर लिया कि अब से वह न केवल अपने सारे काम स्वयं करेगा, बल्कि पढ़ाई भी मन लगाकर करेगा।

सालाना इम्तहान का रिजल्ट जब आया तो सब चकित थे। तुषार पढ़ाई, खेलकूद, पेंटिंग—सभी में विशेष योग्यता के प्रमाण-पत्र लेकर घर लौटा। मम्मी-पापा ने प्यार से उसे हृदय से लगा लिया।

सड़क का धुआँ

—शमशेर अहमद खान

एक-एक चित्र पर गहरी निगाहें डालता हुआ शाहिद मन-ही-मन अपने दादाजी की फोटो कला की तारीफ करता जा रहा था। हर चित्र में डेप्थ ऑफ फील्ड, सब्जेक्ट क्लियरेंस और फोटो की गुणवत्ता स्पष्ट थी। दिल्ली की जामा मसजिद की सामूहिक ईदुल-फितर की नमाज का दृश्य हो या वृक्षों के पतझड़ के मौसम का दृश्य हो या जाने-अनजाने व्यक्तियों की पोर्ट्रेट हों, सभी स्वतः स्पष्ट लगते थे। दादाजी के ये चित्र देश-विदेश की पत्र-पत्रिकाओं और फोटोग्राफिक्स पुस्तकों में छपे भी थे। फोटोग्राफ प्रतियोगिता में दादाजी को कई छोटे-बड़े पुरस्कार और सम्मान भी प्राप्त हुए थे। बैठकखाने की एक अलमारी ट्रॉफियों आदि से भरी पड़ी थी।

शाहिद अकसर दादाजी से फोटोग्राफ की तकनीक पर बातें भी करता था, तब दादाजी उसे बड़ी बारीकी से सबकुछ बताते थे। दादाजी की धारणा थी कि फोटोग्राफ एक कला है और कला से पेट नहीं भरा जा सकता। आज के अधिकतर फोटोग्राफर ऐटियोग्राफर हैं, जो फोटोग्राफी के जरिए अपना और अपने बच्चों का पेट पालते हैं। इसलिए शाहिद को अकसर वे पढ़-लिखकर किसी उच्च पद पर जाने के बाद फोटोग्राफी को शौकिया करने की नेक सलाह देते थे और शाहिद को दादाजी की यह सलाह तर्कसंगत भी लगती थी।

शाहिद का पूरा नाम शाहिद इकबाल, वालिद का नाम मुस्तफा इकबाल और दादा का नाम जफर इकबाल था। मुस्तफा इकबाल हलद्वानी में शिवालिक हिमालय के नीचे एक छोटे से फार्म हाउस के मालिक थे। शाहिद अपने अब्बू जान के साथ हलद्वानी के एक स्कूल में आठवीं

कक्षा का छात्र था। मुस्तफा इकबाल का प्रभाव स्थानीय लोगों पर अच्छा था। मुस्तफा इकबाल के वालिद जफर इकबाल सरकारी नौकरी से सेवानिवृत्त हो चुके थे और रिटायरमेंट के बाद हलद्वानी अपने फार्म हाउस में गुमनाम जिंदगी बिताने के बजाय दिल्ली से सटे एक छोटे शहर में एक मकान में रहने लगे थे। यहाँ उनके रहने का उद्देश्य अपनी फोटोग्राफी कला की साधना को काफी आगे तक ले जाना था। यहाँ उनकी फोटोग्राफी कला को विकसित करने का पूरा स्कोप था। एक तो दिल्ली में अनेक प्रेस थे, जो ऐसे प्रयोगात्मक फोटोग्राफरों को प्रोत्साहित करते थे तथा दूसरे, यहाँ फोटोग्राफर फोटोग्राफिक गतिविधियों में शामिल हो सकते थे और तीसरे, फोटोग्राफ के कच्चे माल तथा अत्याधुनिक उपकरणों की आपूर्ति एवं जानकारी मिल जाती थी।

जफर इकबाल दिल्ली क्षेत्र के फोटोग्राफरों में एक अहम स्थान रखते थे। कई एक समाचार-पत्र तो उनके खींचे हुए फोटो अपने मुखपृष्ठ पर ससम्मान छापते थे।

मुस्तफा इकबाल अपने वालदेन (माता-पिता) से अकसर पंद्रह-बीस दिनों में मिलने आ जाया करते थे और जलवायु-परिवर्तन के लिए अपने वालदेन को वे हलद्वानी ले जाते थे, लेकिन जफर इकबाल का वहाँ जाना कम ही हो पाता था।

शाहिद इकबाल दशहरे की छुट्टियों में अपने दादा के पास आया था। यद्यपि हिमालय की तराई की शांति तो यहाँ नहीं थी, तथापि यहाँ की चमक-दमक उसे बुरी नहीं लगती थी। कभी वह दादाजी से बातें करता तो कभी उनके डार्करूम में उनका हाथ बँटाया करता।

शाहिद आज संध्या समय अपने दादा-दादी के साथ छत पर बैठकर चाय पी रहा था। मौसम खुला था और सूर्य की स्वर्णिम रश्मियाँ वृक्षों की ऊँची शाखाओं को चूम रही थीं। शाहिद के दादाजी उससे बोले, ''शाहिद, तुमने कुछ देखा?''

शाहिद इधर-उधर देखने लगा।

''उधर, ऊपर।'' अब तक कराकुल-कराकुल की ध्वनियों से ऊपर का आकाश गूँजने लगा था।

''हाँ, दादाजी, ये तो कराकुल हैं।'' शाहिद बोला, ''स्थानीय बोली में इस पक्षी को कराकुल कहते हैं। ये उड़ते समय कराकुल की ध्वनि निकालते हैं। इसीलिए लोग इन्हें कराकुल कहने लगे होंगे।''

''हाँ, शाहिद, यह जलीय पक्षी है। इसे काला बाज या ब्लैक आइबिस कहते हैं। यह प्रवासी पक्षी है।''

''काले बाज अकसर उड़ते समय अंग्रेजी अक्षर V का आकार लेते हैं।''

''जी, दादाजी।'' शाहिद बोला।

आकाश में काले बाजों का उड़ना वास्तव में एक अद्भुत दृश्य उत्पन्न कर रहा था। उनके

मटमैले-काले-भूरे डैनों पर स्वर्णिम सूर्य-किरणें पड़कर स्वप्निल कला का आयाम दे रही थीं।

जफर इकबाल ने इस दृश्य को देखकर और पलकें मूँदते हुए शाहिद से बोले, ''शाहिद, चलो, कल इनके फोटोग्राफ लेते हैं।''

''ठीक है, दादाजी।''

''आज ये पूर्व से पश्चिम की ओर जा रहे हैं तो कल भी जाएँगे। पार्क के पेड़-पौधों से यहाँ से उनके चित्र में रुकावट आ सकती है। इसलिए क्यों न रिंग रोड के पुल से इनके फोटो उतारे जाएँ।'' और वे आगे स्वयं बोले, ''वहाँ हमें पूरा मूवमेंट भी मिलेगा।''

चाय खत्म हुई तो शाहिद दादा-दादी के साथ नीचे उतर आया।

दूसरा दिन शाहिद के लिए बड़ी बेसब्री का दिन था। वह दादाजी के चित्र एलबमों को तो देख ही चुका था, लेकिन वह दादाजी के फोटो-सेशन में शामिल नहीं हुआ था। इसलिए इसे देखने की तीव्र आकांक्षा उसे थी। और यही तीव्र आकांक्षा उसकी बेचैनी का मूल कारण भी थी। इधर शाहिद के लिए दिन बिताना कठिन हो रहा था, उधर शाहिद के दादाजी को वृद्धावस्था के कारण आज सवेरे से ही दमे की हलकी सी शिकायत हो गई थी।

धीरे-धीरे जब दिन बीता और संध्या का शुभागमन हुआ तो दादाजी ने अपनी कार निकाली और जरूरी कैमरों के साथ रिंग रोड पर आ गए।

रिंग रोड गाजियाबाद और दिल्ली की विभाजक लाइन है। रिंग रोड से जो बॉर्डर चौक से एक किलोमीटर पहले एक ऊँचा पुल है, फोटोग्राफिक दृष्टि से आदर्श स्थान है; क्योंकि इस पुल से पूर्व की तरफ खुला रेलवे ट्रैक है और कुछ अक्षांश दक्षिण घूमने पर समीपस्थ उपनगर का पूरा दृश्य कैमरे में लिया जा सकता है। पुल की दूसरी तरफ होने पर पश्चिम दिशा के सूर्यास्त का दृश्य समेटा जा सकता है तो शहरों की चिमनियों और दिल्ली का विहंगम दृश्य भी खींचा जा सकता है और यदि खुले आकाश में उड़ते नभचरों को कैमरे में कैद करना हो तो भी पुल के दोनों बाजू आदर्श हैं।

दादाजी बॉर्डर चौक तक कार ले जाकर मोड़ते हुए वापस पुल तक ले आए और पुल की चढ़ाई से पहले ही रोक दी और वहाँ उतर गए। पुल का पूर्वी किनारा उन्होंने शायद इसलिए चुना होगा कि अगर वे पूर्व की तरफ नजर रखेंगे तो उड़ते हुए पक्षियों का समूह काफी पहले से दिख जाएगा और फोटो लेने में सुविधा होगी।

''शाहिद, तुम पूर्व-उत्तर की तरफ नजर रखो। वे आते ही होंगे।''

''जी, दादाजी।''

पाँच मिनट बीत चुके। सूर्य देवता अब क्षितिज में विलीन होना चाहते हैं। उनके अस्ताचल के बाद आठ मिनट तक तो प्रकाश-पुंज क्षितिज में बिखरा रहेगा, लेकिन धीरे-धीरे पहले ही धरती के पदार्थ अपने वास्तविक रंग छोड़कर काले होते जाएँगे। फिर आकाश में यह रक्तिम वर्ण बादल के टुकड़े स्याही में सोख लिये जाएँगे। इन पाँच मिनटों में उनके चेहरे स्याह हो गए थे। पुल पर चढ़नेवाले वाहनों का धुआँ ऐसा बता रहा था मानो वे कोयले की खदान से लौटे हों। दादाजी बार-बार कैमरों के लेंसों पर ब्रुश फिरा रहे थे। पक्षी का नामोनिशान कहीं नहीं था।

''शाहिद!'' दादाजी खाँसते हुए बोले, ''मेरी तबीयत खराब हो रही है। एकाएक साँस लेने में कठिनाई होने लगी है।''

शाहिद ने दादाजी को पकड़ लिया और अपना सहारा देते हुए पुल के पश्चिमी किनारे पर ले गया। सड़क पार करते समय बहुत से वाहन खड़े हो गए। सड़क पार कर दो मिनट पुल की

रेलिंग पर बैठने के उपरांत उन्होंने इनहेलर का लंबा कश लिया। इससे उन्हें काफी आराम मिला।

''दादाजी, अब तबीयत कैसी है ?''

''बेहतर हूँ।''

''दादाजी, वे आ रहे हैं।''

''हाँ, ठीक है, मैं भी तैयार हूँ, शाहिद बेटे।''

''V आकार में एक लय-ताल में काले बाज उड़ते आ रहे हैं। आकाश अभी रक्तिम है और यह रक्त वर्ण इन पक्षी समूहों पर पड़ रहा है। दादाजी हर कैमरे से अलग-अलग शॉट लेते जा रहे थे। और अब कैमरे का अंतिम शॉट दो मिनट से भी कम समय में पूरा हो गया। तब दादाजी ने कार का दरवाजा खोलते हुए पूछा, ''शाहिद, तुमने किस प्रेरणा से मुझे पुल के पश्चिमी किनारे ले जाकर दमे के दौरे से बचाया ?''

''दादाजी, बात साफ थी, आपको दमे की शिकायत है। वाहनों का यह प्रदूषण मुझे तो प्रभावित कर ही रहा था, आपको तो और भी कर रहा था। फोटोग्राफिक दृष्टि से यद्यपि पुल का पूर्वी किनारा उत्तम था, लेकिन स्वास्थ्य की दृष्टि से उतना ही खराब था; क्योंकि ऊँचाई पर चढ़ते भारयुक्त वाहन धुआँ अधिक छोड़ते हैं, जबकि पुल के पश्चिमी किनारे पर ढाल की तरफ उतरते हुए वाहन में ऊर्जा की खपत कम होने से धुएँ की मात्रा कम छूटती है। इसलिए मैंने आपके लिए पुल का पश्चिमी किनारा सुरक्षित समझा और विवेक से मैं आपको उधर ले गया तथा धुएँ से आपको बचाया।''

''बहुत अच्छा किया शाहिद, तुमने, बहुत अच्छा किया। हकीकत में आनेवाली पीढ़ी हमसे काफी बुद्धिमान है।''

उनकी कार अब घर की तरफ बढ़ चुकी थी।

हिम्मत कहाँ से आई

—शांता ग्रोवर

"आकाश! उठो, सात बज चुके हैं। स्कूल जाने में देरी हो जाएगी।" शिखा ने अपने इकलौते बेटे को उठाते हुए कहा।

"ऊँह मम्मी! मैं आज स्कूल नहीं जाऊँगा।" आकाश अलसाते हुए बोला।

"क्यों आज स्कूल नहीं जाओगे?" शिखा ने पूछा।

"मम्मी, आज ठंड बहुत है।" आकाश बोला।

"अरे, आज सुबह-सुबह क्यों लड़के के पीछे पड़ी हुई हो? यह यदि आज स्कूल नहीं जाएगा तो क्या फर्क पड़ जाएगा? इतनी सर्दी और बारिश के मौसम में इसे स्कूल नहीं भेजना है। बस, मैं कहे देती हूँ।" आकाश की दादी बोल उठीं।

शिखा ने सास को कुछ जवाब नहीं दिया, हालाँकि वह अंदर-ही-अंदर तिलमिला उठी थी कि दो बेटियों के बाद हुए आकाश को दादी शह देकर बिगाड़ रही हैं। शिखा अपने बेटे को अनुशासनबद्ध रखकर उसे एक सर्वगुण-संपन्न, आत्मविश्वासी युवा बनाना चाहती थीं। इसीलिए आकाश की दादी जब उसका छोटा-छोटा काम भी करने के लिए तैयार होतीं तो वह कह उठती थी, 'बीजी, इसे खुद ही तैयार होने दो। इसे आलसी मत बनाओ।' लेकिन आज सुबह-सुबह वह उन्हें कुछ कहना नहीं चाहती थी।

वह गुस्से से आकाश की रजाई हटाते हुए बोली, "आकाश, एकदम उठकर खड़े हो जाओ। तुम्हारी कोई छोटी कक्षा की पढ़ाई नहीं है। अब तुम आठवीं कक्षा में पढ़ते हो और एक दिन स्कूल न जाने से पढ़ाई का काफी नुकसान हो जाता है।"

गुस्से से भरी मम्मी की आवाज सुनते ही आकाश उठ बैठा और चुपचाप तैयार होकर स्कूल चला गया।

दोपहर को आकाश स्कूल से आया तो बिना माँ से बात किए दादी के कमरे में चला गया। बोला, ''बीजी, बहुत भूख लगी है। खाना दे दो।''

शिखा परेशान हो उठी। वह समझ गई कि आकाश को आज उसने डाँटा था, इसलिए वह न तो उससे बात करेगा और न ही कुछ खाने-पीने की चीज उसके हाथ से लेगा। रात तक ऐसे ही चलता रहा। रोज रात को आकाश शिखा से कहानी सुने बिना सोता नहीं था। दादी से कहानियाँ सुनने में उसे मजा नहीं आता था, क्योंकि वे उसे भक्तिपरक कहानियाँ सुनाती थीं, जबकि उसे साहसी कहानियाँ सुनना पसंद था। शिखा ने सोचा—अभी आकाश उससे कहानियाँ सुनाने के लिए कहेगा। लेकिन उसकी सोच बेकार गई। वह तो मुँह तक रजाई ढाँपे सो चुका था।

शिखा की आँखों में आँसू आ गए। सोचने लगी—कहीं इकलौते बेटे के बिगड़ने के डर से मैं उससे कुछ ज्यादा डाँट-फटकार तो नहीं कर रही? लाड़-प्यार न करने से कहीं मेरा आकाश मुझसे दूर तो नहीं होता जा रहा?...यह सोचते-सोचते वह कब नींद के आगोश में चली गई, उसे पता नहीं चला।

अगले दिन भी ऐसा ही हुआ। सुबह दादी से ही नाश्ता लेकर आकाश स्कूल चला गया। दोपहर को भी जब उसने खाने के लिए दादी को आवाज लगाई तो शिखा बोल उठी, ''तुझे तो अब माँ की जरूरत नहीं है। अब तो दादी ही तेरी सबकुछ हैं।''

आकाश ने कुछ जवाब नहीं दिया।

खाना खाकर आकाश दादी के साथ ड्राइंगरूम में टी.वी. देखने बैठ गया। उसकी बड़ी बहन ट्यूशन पढ़ने चली गई और छोटी बहन को लेकर माँ सोने चली गई।

कुछ देर बाद दरवाजे पर 'खट-खट' हुई। दादी ने खिड़की से झाँका तो तीन नवयुवक बाहर खड़े थे। दादी ने पूछा, ''क्या काम है आपको?''

''जी, हमें मल्होत्राजी के यहाँ जाना है। मकान नं. डी-25 कहाँ पड़ेगा?'' एक युवक ने पूछा।

''यहाँ से सीधा जाकर दाएँ मुड़ जाओ। दूसरा मकान मल्होत्राजी का है।'' दादी ने उन्हें रास्ता समझाया।

''कृपया आप हमें बाहर आकर वह मकान दिखा दें।'' दूसरा नवयुवक बड़ी नम्रता से बोला।

दादी दरवाजा खोलने लगीं तो आकाश बोला, ''दादी, दरवाजा मत खोलो। नवयुवक हैं, अपने आप मकान ढूँढ़ लेंगे।''

"ठहर रे! किसी का इतना सा काम करने में मेरा क्या बिगड़ जाएगा?" यह कहते हुए दादी दरवाजा खोलकर बाहर निकलीं।

तभी तीनों नवयुवक आगे बढ़े। एक ने दादी का मुँह दबाया और दूसरा उन्हें धकेलकर अंदर आ गया। तीसरा बाहर ही खड़ा रहा।

आकाश स्थिति की गंभीरता को समझ गया। वह चिल्लाया, "मम्मी!"

शोरगुल सुनकर उसकी मम्मी और आँचल भी दूसरे कमरे से निकल आए। एक नवयुवक ने जेब से पिस्तौल निकाली और मम्मी की कनपटी पर रखते हुए बोला, "अलमारियों की चाबियाँ कहाँ हैं?"

मम्मी कुछ बोलतीं, इसके पहले ही आकाश ने अपने पास रखा फूलदान उठाया और सीधा निशाना उस चोर की पिस्तौल पर मारा। चोर के माथे से टकराता हुआ फूलदान पिस्तौल पर जा लगा। पिस्तौल छिटककर दूर जा गिरी। माथे पर लगी चोट से चोर तिलमिला उठा। वह 'लपककर आकाश की तरफ बढ़ा। उसे उठाकर जोर से पटका; लेकिन संयोगवश वह पलंग पर दूसरी तरफ गिरा, लेकिन पलंग का कोना उसे नहीं लगा। वह चोर तब तक फिर मम्मी के पास पहुँच गया था और उनके बाल खींचकर उनसे चाबियाँ माँग रहा था।

आकाश उठा और चोर के पास जाकर उसे पीछे हटाने लगा। दूसरा चोर दादी को छोड़कर आकाश को पकड़ने के लिए लपका। आकाश दोनों से एक साथ भिड़ गया। उसने पहलेवाले चोर का हाथ खींचे रखा और दूसरे हाथ से पीछे आए चोर का कॉलर पकड़ लिया।

इस बीच मौका पाकर दादी बाहर निकल गईं और शोर मचाने लगीं, ''चोर, चोर!''

बाहर खड़ा तीसरा चोर दादी को देखते ही भाग खड़ा हुआ था। अंदर के दोनों चोर भी शोर सुनकर, आकाश की पकड़ छुड़ाकर भागने लगे। उनके भागते समय आकाश के हाथ में एक चोर की घड़ी और दूसरे चोर का कॉलर आ गया।

आकाश के घर के बाहर भीड़ इकट्ठी हो गई; लेकिन चोर भाग चुके थे। किसी ने पुलिस को सूचित कर दिया। पुलिस आई और सारी घटना का ब्योरा सुनकर आकाश से घड़ी और कॉलर लेकर चली गई।

पुलिस के जाते ही मम्मी भागकर आकाश के पास आईं। उसे सीने से चिपटाते हुए बोलीं, ''मेरा प्यारा मुन्ना! माँ के लिए गुंडों से भिड़ गया। अपनी जान की परवाह नहीं की। और एक मैं हूँ जो यह सोचने लगी थी कि मेरा बेटा मुझे बिलकुल प्यार नहीं करता है। बस, दादी को ही प्यार करता है।''

सीने से चिपका आकाश बोला, ''माँ, दादी को तो मैं प्यार करता हूँ, जबकि आपको तो मैं अपना आदर्श मानता हूँ। आपकी सुनाई कहानियों की बदौलत ही तो आज मुझमें इतना साहस आ गया था कि मैं चोरों से भिड़ गया था।'' फिर अपनी बात कहने लगा, ''माँ, फिर कभी ऐसा मत सोचना कि मैं तुमसे प्यार नहीं करता। मैं तुम्हारी डाँट से नाराज जरूर हो जाता हूँ, लेकिन मन-ही-मन मैं यह महसूस कर लेता हूँ कि आप मेरे सुखद भविष्य के लिए ही डाँटती हैं।''

और यह सुखद भविष्य बहुत जल्दी ही आ गया। आकाश द्वारा चोरों की दी चीजों से पुलिस ने चोरों को बहुत जल्द पकड़ लिया। आकाश के इस सराहनीय कार्य के लिए पुलिस कमिश्नर ने एक जलसे में जब उसे सम्मानित किया तो आकाश के मम्मी, पापा और दादी की आँखें गर्व से चमक उठीं।

भविष्यवक्ता

—शीतांशु भारद्वाज

एक गाँव में एक निर्धन ब्राह्मण रहा करते थे। गाँव में ही यजमानी प्रथा द्वारा वे अपने परिवार का भरण-पोषण किया करते थे। ब्राह्मण जितने सीधे-सादे थे, ब्राह्मणी उतनी ही तेज-तर्रार स्वभाव की थी। वह चतुर भी थी। रात को भोजन में ब्राह्मण देखते कि उनकी पत्नी चार रोटियाँ बनाया करती। उनके हिस्से में दो ही रोटियाँ आया करतीं। यजमानों से उन्हें कम अनाज मिलता, तब भी दो ही रोटियाँ होतीं और अधिक मिलने पर भी वही दो रोटियाँ होती थीं। वे उस रहस्य को नहीं समझ पा रहे थे।

एक दिन संध्या समय ब्राह्मण ने पत्नी से कहा, ''अरी, सुनती हो! मैं जरा दूसरे गाँव तक जा रहा हूँ। तब तक तुम रात का भोजन बना लेना।''

ब्राह्मण देवता ने अपनी पोथी-पतरी बगल में दबाई और घर से बाहर निकल गए। उन्हें कहीं आना-जाना तो था नहीं। वे नीचे की पनचक्की में जाकर अपना समय बिताने लगे। जब अँधेरा घिर आया तो वे अपने घर की राह हो लिये। दबे पाँव वे मकान की छत पर जा पहुँचे। एक कोने में बैठकर वे वहीं से नीचे रसोई की टोह लेने लगे। उनकी पत्नी ने आठ रोटियाँ बनाई थीं, क्योंकि तवे पर रोटियाँ उलटने-पलटने की सोलह आवाजें सुनाई दीं। वे छत से चुपचाप नीचे उतर आए।

ब्राह्मण ने धोती पहनी और पूजा करने के लिए पूजा-घर में चल दिए। वहाँ वे संध्या-वंदन करने लगे। धूप-दीप जलाकर वे पत्नी से कहने लगे, ''सुनो तो! आज मेरे शरीर में कँपकँपी-सी छूट रही है। कहीं किसी देवता का अवतार न हो! तुम रोली-अक्षत रख जाओ।''

पत्नी ने वैसा ही किया।

ब्राह्मण देवता अस्फुट स्वर में कहने लगे, ''बता ओ नारी! आठ रोटियाँ कहाँ हैं? उन्हें देवता के सामने रख!''

उस देव-वाणी से धर्मभीरु ब्राह्मणी थरथर कर काँपने लगी। उसने आठों रोटियाँ उनके आगे रख दीं। हाथ जोड़कर वह देवता से अपने किए पर क्षमायाचना करने लगी, ''क्षमा करना, इष्टदेव! हम मनुष्य हैं। हमसे भूल हो ही जाती है। आप तो सर्वज्ञ हैं। दूध-का-दूध और पानी-का-पानी कर देते हैं। हे प्रभु! ये चार रोटियाँ मैंने चौके के नीचे छिपाकर रखी थीं।''

ब्राह्मणी को अपने किए पर बहुत पछतावा हो रहा था। कुछ देर तक काँपते रहने के बाद

ब्राह्मण देवता सामान्य हो आए। उनपर सवार देवात्मा उतर चली थी। उस दिन उन्होंने चार रोटियाँ खाईं। वे पत्नी को समझाने लगे, ''देख भागवान! ये बात किसी को भी न बताना कि मुझपर देवात्मा आया करती है। यह भी न बताना कि मैं भविष्यवक्ता हूँ। इस अवतार का कोई भरोसा नहीं होता। ये तो कभी-कभी ही होता है।''

लेकिन नारी के पेट में तो बात नहीं पचती। ब्राह्मणी ने वह बात अपनी एक सहेली से कह दी। उसने दूसरी से कही और फिर चारों ओर बात फैल गई कि ब्राह्मणी के पति एक अच्छे भविष्यवक्ता हैं।

ब्राह्मण देवता की ख्याति चारों ओर फैल गई। एक दिन ब्राह्मण के पास एक धोबी चला आया। उसने बताया कि उसका गधा खो गया है। इसपर ब्राह्मण देवता पत्नी से नाराज होकर बोले, ''अरी दुष्टा! तूने तो सारा सत्यानास ही कर डाला। मेरे भविष्यवक्ता होने की बात तूने ही फैलाई है।''

ब्राह्मण को अपना वह ढोंग बहुत महँगा पड़ने लगा। रात में वे गधे को खोजने के लिए घर से निकल पड़े। वह किसी गन्ने के खेत में था। इससे वे संतुष्ट हो आए। दूसरे दिन जब धोबी आया तो ब्राह्मण आसन पर बैठकर हाथ में अक्षत लेकर वही ढोंग करने लगा, ''जा रे, तुझे तेरा गधा गन्ने के खेत में मिल जाएगा।''

धोबी को सचमुच ही अपना गधा गन्ने के खेत में मिल गया। इससे ब्राह्मण की प्रसिद्धि बढ़ती ही गई। एक दिन उसके पास एक घोड़ेवाला आ गया। उसने बताया कि उसका घोड़ा खो गया है। उसने उसे कल आने को कहा। रात में वह घोड़े को ढूँढ़ आया।

अगले दिन उसी ढोंग क्रिया के साथ उसने घोड़ेवाले से कहा, ''जा रे, तेरा घोड़ा घास के मैदान में चर रहा है।''

घोड़ेवाले को भी उसका घोड़ा मिल गया।

ब्राह्मण देवता की ख्याति उस राज्य के राजा तक जा पहुँची थी। एक दिन राजकुमारी का हार खो गया। अत: उन्होंने ब्राह्मण बुलवाने के लिए अपने सिपाही भेज दिए। सिपाहियों को देखकर ब्राह्मण देवता थरथर काँपने लगे। अकेले में उन्होंने ब्राह्मणी से कहा, ''अब तू चैन से रहना। किसी का गधा खोया, किसी का घोड़ा खोया। उन्हें तो मैंने जैसे-तैसे बतला दिया। अब राजकुमारी के हार को कैसे बताऊँ? वहाँ से मैं जीवित न लौटा तो बच्चों के अनाथ होने का पाप तेरे ही सिर चढ़ेगा।''

ब्राह्मण देवता को राजा के महलों में ठहराया गया। उनके कमरे के आगे पहरा बिठा दिया गया। उन्हें नींद कहाँ? उन्हें तो अपने सिर पर मँडराती हुई तलवार ही दिखाई दे रही थी। वे करवटें बदलते जाते और बुड़बुड़ाने लगते, ''अरी निनुरी/नींद/सिनुरी/सपने/आ भी जाओ! कल तो

मुझे मरना ही है। आ जा निनरी! आ जा सिनुरी!''

राजा की निनुरी और सिनुरी नाम की दो सेविकाएँ थीं। राजकुमारी का हार उन्होंने ही चुराया था। वे दोनों अंदर बैठे ब्राह्मण देवता के प्रलाप को कमरे के बाहर से सुन रही थीं। भय से वे थरथर काँपने लगीं। अगले ही क्षण वे ब्राह्मण देवता के चरणों पर आ गिरीं, ''ब्राह्मण देवता! हमें बचाइए। वह हार हमने ही चुराया है। यह रहा वह हार। इस बात को आप राजा से न कहें।''

ब्राह्मण देवता की तो जैसे जान में ज़ान लौट आई। उन्होंने वह हार वहीं एक घड़े में रख दिया।

अगले दिन राजा ने ब्राह्मण देवता को भरे दरबार में बुलवा लिया। वे उसी प्रकार आसन पर बैठकर अक्षत घुमाते हुए ढोंग करते रहे, ''आठ रोटी तो सोलह फटकारें—चार यहाँ, चार वहाँ। गधा खोया तो गन्ने के खेत में मिला। घोड़ा गुम हुआ तो घास के मैदान में मिला। हार भी घड़े में मिल जाएगा।''

राजा उठकर उसी कमरे में चल दिया। वहाँ घड़े में सचमुच ही हार था। उन्होंने उस ब्राह्मण देवता की एक और परीक्षा लेनी चाही। दरबार में आकर वे ब्राह्मण देवता को अपनी बंद मुट्ठी दिखलाकर कहने लगे, ''ब्राह्मण देवता! मैं मानता हूँ कि आप पर देवता का अवतार होता है। मैं तो आपको तभी मानूँगा, जब आप मेरी बंद मुट्ठी की वस्तु बतला देंगे।''

ब्राह्मण देवता को लगा, अब तो उनकी मौत टिड्डे की सी होने वाली है। जिस प्रकार टिड्डा किसी के भी पाँवों के नीचे कुचलकर मर जाता है, वैसे ही उन्हें भी एक तुच्छ कीड़े की तरह से मरना होगा। वे अंदर तक हिल उठे। फिर भी मरता क्या न करता! आसन पर बैठकर उन्होंने हाथ में चावल के दाने लिये।

उसी कँपकँपी में वे चिल्लाने लगे, ''गधा खोया तो गन्ने के खेत में मिला, घोड़ा खोया तो घास के मैदान में मिला, हार खोया तो घड़े में मिला, अब आ गई टिड्डी की मौत!''

राजा आश्चर्यचकित रह गए। उनकी मुट्ठी में टिड्डा ही था। ऐसे भविष्यवक्ता को वे क्यों न पुरस्कृत करते! उन्होंने उसी समय उन्हें जागीर प्रदान कर दी।

इस प्रकार रोटियाँ गिन-गिनकर ज्योतिष बने उस दरिद्र ब्राह्मण देवता का जीवन मजे से कटने लगा। उन्हें क्या पता था कि इस प्रकार के तीर-तुक्के उन्हें बुलंदियों तक पहुँचा देंगे।

नन्हा मोती

—शीला गुजराल

नन्हा मोती सीपी नामक विशाल भवन में रहता था—अकेला, बिलकुल अकेला। न उसे खाने की चिंता थी, न कमाने की। वहीं पड़ा-पड़ा रो रहा था गोल-मटोल। न उसका कोई संगी था, न साथी। बात करे तो किससे करे? न हँसता था, न बोलता था। खामोश पड़ा सपनों की दुनिया में घूमता था, विचरता था।

पानी के सब जीव-जंतु सोचते थे कि यह कितना भाग्यशाली है, कैसे सुंदर घर में रहता है। किसी को क्या मालूम उसके मन की दशा! उसे तो यह विशाल भवन बिलकुल कारागृह प्रतीत होता था।

वह अपने भाग्य को कोसता था कि भटकता हुआ वह क्यों इस भवन में आ ठहरा। आज भी उसे वह दिन याद आ रहा था, जब छोटी-छोटी मछलियों, तिनकों तथा पानी सहित पहली बार इस विशाल भवन में उसने प्रवेश किया था।

उसने अपनी आँखों से देखा कि यह विशाल भवन राक्षस की भाँति उसके सभी संगी-साथियों को हड़प कर गया, एकदम हड़प।

यह नन्हा सा कीटाणु एक दीवार के साथ चिपका रहा। पहले तो उसने सोचा कि यह मेरी चतुराई है। मैं बच निकला; लेकिन फिर देखा कि यह राक्षसी दुर्ग तो उसे पानी के बहाव में बाहर फेंकने की बहुत चेष्टा कर रहा था, लेकिन वह अपने स्थान पर दृढ़ रहा, जड़वत् स्थिर।

पड़ा-पड़ा वह गेंद की तरह गोल होता जा रहा था। दीवारों से जो लेसदार रस निकलता था, उसके शरीर पर चिपकने से वह शरीर की एक तह बनता जा रहा था, उसे तभी तो अपने

सौंदर्य और शक्ति का आभास हो रहा था—प्रतिदिन, प्रतिपल।

मन में लालसा होती कि दर्पण देखूँ; लेकिन दर्पण क्या, वहाँ तो चारों ओर दीवारों के अतिरिक्त और कुछ भी देखने को नहीं मिलता था। इस विशाल भवन में कोई खिड़की भी तो नहीं थी, जहाँ से बाहर कहीं झाँक भी सके। वहीं पड़ा-पड़ा बिताता था जीवन की घड़ियाँ। निर्जन एकांत, अज्ञात प्रतीक्षा में बहाता था आँसू की झड़ियाँ।

प्रतीक्षा ? प्रतीक्षा किसकी ? क्यों ? किसलिए ? कई बार यह संदेह मन में आता था। साथ ही कभी-कभी उसके अंतःकरण से आवाज उठती थी, 'बंधनमुक्त होने का समय आ गया है, समीप, बिलकुल समीप।'

वह स्वप्नों की दुनिया में भटकता हुआ कल्पना करता कि वीरों का कोई दल आया है—उसके बंधन काटने, उसके तीव्र विरह का ताप और व्यथा मिटाने।

अनेक बार वह अपने कल्पना के पंख फड़फड़ाकर एक अनोखी नई दुनिया में ही पहुँच जाता था। देखता कि वहाँ मरघट की खामोशी नहीं, बच्चों का मृदु हास है; घनघोर अँधेरा नहीं, मधुर चाँदनी छिटकी है; चारदीवारी की घुटन नहीं, बल्कि नील गगन का अनंत विस्तार है; लेकिन इस स्वप्नलोक से बिछुड़ते ही वह पुनः इस घुटन में अपने को बंद पाता और चारों ओर देखता—अंधकार, घोर अंधकार।

ऐसे बीत गए अनेक वर्ष—दो-चार नहीं, बल्कि सैकड़ों वर्ष। इस दीर्घकाल के बाद अचानक एक दिन जब सचमुच कोई वीर सीपी को समुद्र के तह-प्रदेश से ऊपर खींच लाया तो नन्हे मोती को फिर भी विश्वास नहीं हुआ कि वह सचमुच मुक्त होने वाला है। उसे संदेह हुआ, वह अब भी स्वप्नलोक में भ्रमण कर रहा है। वह क्या जाने वास्तविकता? कारागृह में बंद वह जल, थल, नभ—कुछ भी देख नहीं पाता था। अतः अब उसे केवल परिवर्तन का आभास हो रहा था। निश्चय नहीं कर पाता था कि इसका आधार वास्तविकता है या कोरी कल्पना।

कुछ दिनों बाद उसे कुछ दुर्गंध-सी अनुभव हुई। दरअसल सीपी इतने दिन पानी के बाहर रहने के कारण सड़ने-गलने लगी थी और अब नन्हे मोती की स्वतंत्रता में बस थोड़ा ही विलंब था; पर नन्हा क्या जाने कि उसके भाग्य ने करवट ली है। वह तो इस दुर्गंध से बेचैन हो उठा, बहुत बेचैन।

अचानक प्रकाश झलका। मोती का नन्हा सा हृदय आशा और प्रतीक्षा में बाँसों उछलने लगा। सीपी को खुरचने से छेद हो गया था। इसी में से प्रकाश ने उसकी ओर झाँका और उसने प्रकाश की ओर। फिर उज्ज्वल प्रकाश के साथ-साथ दृष्टिगोचर हुए जल, थल, आकाश।

कारागृह के घोर अंधकार में पला हुआ नन्हा मोती यह दृश्य देखकर दंग रह गया। वह निर्निमेष दृष्टि से देखता ही रह गया—एकटक।

इतने समय में उस व्यक्ति ने सारी सीपी को कुरेद डाला था और अब नन्हा मोती मुक्त हो गया था—स्वतंत्र, स्वच्छंद, निर्द्वंद्व।

और क्या देखता है? जहाँ वह मुक्त होकर विचर रहा है वहीं अनेक वैसे ही नन्हे-नन्हे भाई विचर रहे हैं, विश्राम कर रहे हैं। इन साथियों का स्पर्श कितना मोहक था। ऐसा प्रतीत हुआ मानो युग-युगांतर से बिछड़े हुए उसके बंधु, सखा, भाई आज उसे आलिंगनबद्ध कर रहे हों।

खुशी के सागर में हिलोरें लेता वह अपनी सुध-बुध खो बैठा। उसी बीच उसे नहलाया गया, रगड़-रगड़कर उसकी मैल उतारी गई; लेकिन उसे होश न था। उसे कुछ याद नहीं कि अंततः वह समुद्र की तह से निकलने के बाद जौहरी के पास कब और कैसे पहुँचा?

धीरे-धीरे उसे अपने असली सौंदर्य का वास्तविक ज्ञान हुआ। अनेक मनचले उसके मोहक रूप को सराहते, उसकी सुंदरता पर बलि-बलि जाते। मोती को प्यार करनेवाली लालसामयी दृष्टि से कई बार उसे भय लगने लगता था। कोई संगी-साथियों से दूर ले जाकर फिर कहीं सीपी के कारागृह में न बंद कर दे।

अंत में अपने भाई-बंधुओं सहित उसे पिरोया गया एक सूत्र में और बन गई एक सुंदर मणिमाला। माला खरीदी एक सुंदर-सुघड़ रमणी ने और वह बन गई उस सुंदरी के गले का हार। अब उस सुंदर क्रीड़ास्थल पर यह मित्रों सहित नाचता, खेलता और कूदता है और करता है मनमानी।

अब तो उसके अंत:करण में बंधु-मिलन की चिर-पिपासा बुझ गई है। उसे हरदम मिलता है प्यार, मित्रों का दुलार। नन्हा मोती अब बहुत खुश है।

मेरा भैया

—शेषपाल सिंह 'शेष'

सुवीर और सुधीर फूल की तरह कोमल, हँसमुख और बुद्धिमान बालक थे। उनकी पढ़ने-लिखने की ललक देखते ही बनती थी। दोनों एक ही विद्यालय में पढ़ते थे। दोनों भाइयों की उम्र में डेढ़ वर्ष का अंतर था। सुवीर तेरह वर्ष का था और कक्षा आठ में पढ़ता था। सुधीर ग्यारह वर्ष कुछ महीनों का था और कक्षा सात का विद्यार्थी था। दोनों सवेरे जल्दी उठ जाते और अपने दैनिक कार्य पूरे करते। माँ भोजन बनातीं। इतनी देर में उन्हें एक घंटा पढ़ने के लिए भी मिल जाता। सवेरे का यह एक घंटा बड़ा ताजगी भरा होता। दोनों को बैठकर पढ़ने में आनंद आ जाता। ठीक साढ़े छह बजे रिक्शा दरवाजे पर आ जाता। उधर माँ दोनों के लिए टिफिन तैयार कर देतीं। माता-पिता के चरण छूकर वे दोनों स्कूल चले जाते। विद्यालय उनके घर से एक किलोमीटर दूर था।

दोनों भाइयों में आपस में बड़ा प्रेम था। उन्हें कभी किसी ने आपस में लड़ते हुए नहीं देखा। पिता अनुराग और माँ मालती अपने दोनों बच्चों से बहुत प्रसन्न थे। अनुराग एक इंटर कॉलेज में शिक्षक थे। उनका विद्यालय शहर में ही घर से पाँच किलोमीटर दूर था। माँ घर पर रहतीं। अनुराग को अपने बच्चों के लिए अधिक समय नहीं लगाना पड़ता था। वे कभी-कभी उनके विद्यालय चले जाते थे। प्रधानाध्यापक का कहना था कि उनके दोनों पुत्र बहुत अच्छे हैं। अनुराग का विचार था कि वे अपने दोनों बेटों को अलग नहीं करेंगे। जब सुवीर कक्षा आठ उत्तीर्ण कर लेगा तो वे दोनों को साथ-साथ अपने विद्यालय में प्रवेश करा देंगे। तब तक बच्चे कुछ और समर्थ हो जाएँगे।

कहते हैं कि समय बड़ा बलवान् होता है। संकट की घड़ी कब टूट पड़े, कहा नहीं जा सकता। एक दिन दोनों बच्चे स्कूल जाने के लिए ठीक समय पर निकले। रास्ते में चौराहे पर एक जीप ने उन्हें धक्का दे दिया। चालक भीड़ का लाभ उठाकर जीप को भगा ले गया। आनन-फानन में लोग इकट्ठे हुए। उन्होंने बच्चों को देखा। सुधीर होश में था, कराह रहा था, लेकिन सुवीर की चोट का अनुमान नहीं लग रहा था। वह बेसुध पड़ा था। एक भला आदमी सुधीर के बताए पते पर उनके घर भागा। दूसरे चार-पाँच व्यक्तियों ने मिलकर झटपट व्यवस्था की। एक तिपहिए से उन तीनों को अस्पताल पहुँचा दिया गया।

इस चौराहे पर दिन में भीड़ बहुत बढ़ जाती थी। पहले भी इस मोड़ पर छोटी-बड़ी कई दुर्घटनाएँ हो चुकी थीं। जब अनुराग को सूचना मिली तो वे धक से रह गए। मालती को लेकर वे तुरंत घटना-स्थल पर पहुँचे। अस्पताल का पता करके वे वहाँ पहुँच गए। उन्होंने देखा कि सुधीर तो चेतनावस्था में है, लेकिन सुवीर को होश नहीं है। कई डॉक्टर उसके परीक्षण में लगे हुए थे। मालती ने अपना सिर बड़े डॉक्टर के पैरों पर रख दिया। वे बोलीं, ''डॉक्टर साहब, किसी तरह मेरे बेटे को बचा लीजिए।''

डॉक्टर सन्न थे। सुवीर के शरीर में कहीं कोई चोट दिखाई नहीं दे रही थी। मालती को अलग करके अनुराग ने धैर्य के साथ डॉक्टर साहब से बात की। डॉक्टर बहुत गंभीर हो गए। उन्होंने बहुत दुःख जताते हुए कहा, ''बस, ईश्वर ही मालिक है। चोट सिर में है और बहुत खतरनाक है।''

सुधीर बार-बार यही कह रहा था कि मेरा भैया कैसा है, मुझे मेरे भैया को दिखा दो। दुर्घटना की सूचना पाकर बच्चों के शिक्षक उन्हें देखने आए। सुवीर की दशा देखकर वे बहुत दुःखी हुए। उन्होंने डॉक्टरों से बातचीत करके सुवीर की स्थिति के संबंध में विस्तार से पूछा। भारी दुःखी होते हुए शिक्षक दोनों बच्चों की बहुत प्रशंसा करते रहे। डॉक्टरों ने बड़े मन से चिकित्सा कार्य किया और अपनी पूरी शक्ति लगा दी। चार दिन बाद सुधीर को अस्पताल से छुट्टी दे दी गई। लेकिन अभी भी सुवीर के लगातार परीक्षण चल रहे थे। उसकी हालत में कोई सुधार न हुआ। डॉक्टर लोग चिंतित और निराश हो गए। शहर के विशेषज्ञ डॉक्टरों को बुलाकर परामर्श किया गया। डॉक्टरों ने बताया कि लंबी चिकित्सा के बाद भी बच्चे के ठीक होने के अवसर कम ही हैं।

सुधीर घर पर था, लेकिन खोया-खोया रहता था। पता नहीं क्या-क्या कहता रहता। उसके कहीं कोई चोट नहीं थी। शरीर से तो वह पूरी तरह ठीक हो गया था, फिर भी उसका मानसिक संतुलन ठीक न था। सदा 'भैया! भैया!' की रट लगाए रहता। अनुराग और मालती को दोहरा संकट घेरे हुए था। उन्होंने सुधीर को अस्पताल ले जाकर सुवीर को दिखा दिया। उसकी

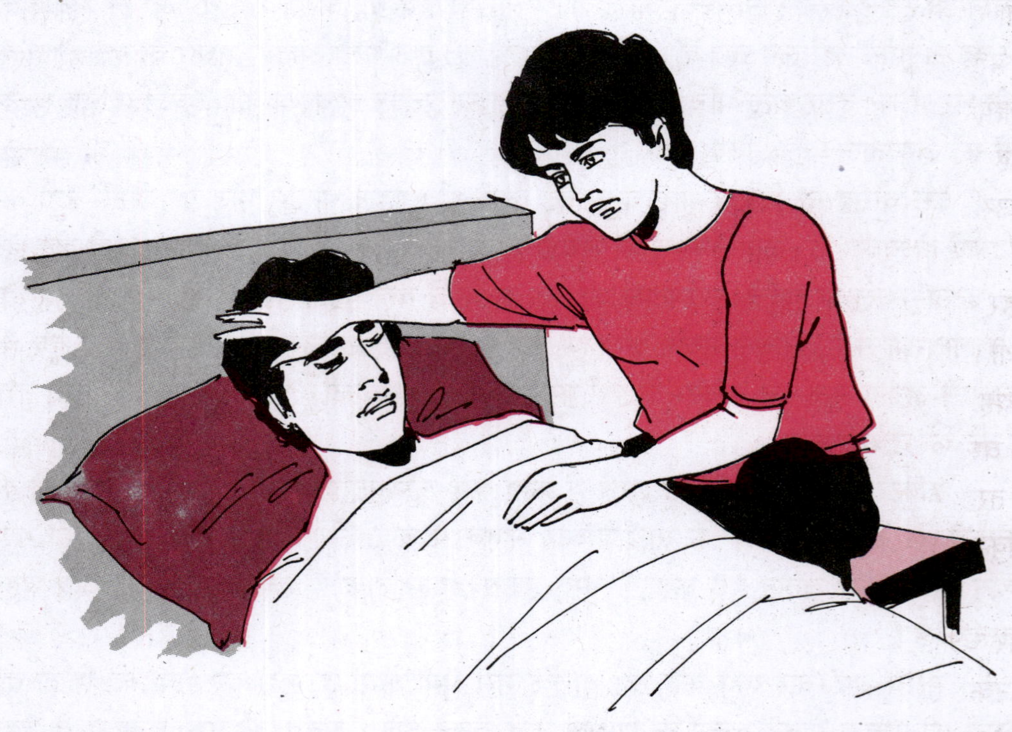

हालत देखकर तो सुधीर की बकझक और बढ़ गई। वह रात-दिन यही चिल्लाता कि मेरे भैया को क्या हुआ ? मुझे मेरा भैया दिखाओ। रात में यदि उसे झपकी लग जाती तो थोड़ी ही देर बाद उछल पड़ता और ऊलजलूल कुछ कहने लगता। खाने के लिए उससे कहा जाता तो कहता, ''भैया खाएगा।'' सोने के लिए कहा जाता तो कहता, ''भैया सोएगा।'' बेचारे अनुराग और मालती सोच में डूबे रहते कि क्या करें।

एक दिन सुधीर को झपकी लग गई। मालती रात-दिन उसकी देखभाल कर रही थी। अनुराग अस्पताल में थे। उसे सोया देख मालती की भी आँखें लग गईं। कुछ समय बाद मालती की आँखें खुलीं तो देखा कि सुधीर अपने बिस्तर पर नहीं है। मालती घबरा गईं, अब क्या करें।

कहाँ ढूँढ़ें। आस-पास देखा, सुधीर का कहीं पता न था। दूर-दूर तलाश करवाया, सब निष्फल। चार दिन बीत गए। पुलिस थानों में सूचना दी। फोटो भेजे। समाचार पत्रों में फोटो छपवाए। तब जाकर एक सज्जन ने सूचना दी कि सुधीर उसी चौराहे पर, जहाँ दुर्घटना हुई थी, पागलों की तरह घूमता रहता है। सज्जन ने समाचार-पत्र में छपे फोटो से सुधीर की पहचान कर ली थी। अनुराग उसे बड़ी कठिनाई से वहाँ से लाए। वह तो वहाँ से हटना ही नहीं चाहता था। घर लाकर उसे नहलाया-धुलाया, उसकी पूरी चौकसी रखी, लेकिन वह उलटी-सीधी बातें करता रहता और उसी चौराहे पर पहुँचने का अवसर खोजता रहता। मालती की थोड़ी सी भी चूक हुई नहीं कि झट से वह उसी चौराहे पर पहुँच जाता।

सुधीर की इस हालत की चर्चाएँ होने लगी थीं। जो सुनता, दुःख में डूब जाता था। चौराहे का हर दुकानदार और वहाँ के निवासी सब उसे पहचान गए थे। उसके साथ सबकी सहानुभूति हो गई थी। अनुराग बार-बार उसे चौराहे से ले आते थे, लेकिन अधिक देर तक घर पर रोक नहीं पाते थे। वह चौराहे पर उस दुर्घटना-स्थल के इर्द-गिर्द मँडराता दिखाई देता था। लोग उसे खाने की कोई वस्तु देते तो कभी-कभी जब वह बहुत भूखा होता तो लेकर खा लेता। अनुराग और मालती पूरी तरह निराश हो गए थे। सबकुछ उनके वश से बाहर था। दोनों बच्चों से हाथ धो बैठना बिलकुल तय था, लेकिन करें भी तो क्या।

सुधीर पूरी तरह पागल हो गया लगता था। लेकिन एक दिन एक अजीब घटना घटी। सुधीर चौराहे के उस खतरनाक मोड़ से थोड़ी दूर था, किंतु उसकी दृष्टि सदा की तरह वहीं थी। वह टकटकी लगाए था। एक ओर से एक ट्रक और दूसरी ओर से एक तिपहिया तेज गति से आ रहे थे। उस मोड़ पर निकट आकर ही ड्राइवरों को आमने-सामने दिखाई दे पाता था। इसीलिए मोड़ खतरनाक था। थोड़ी सी असावधानी ही दुर्घटना का कारण बन जाती थी। सुधीर ऐसे कोण पर था कि उसे दोनों वाहन दूर से ही साफ दिखाई दे गए और उनके निश्चित रूप से टकराने का उसे आभास हो गया था। वह अपने दोनों हाथ ऊपर उठाकर ट्रक की ओर बेतहाशा दौड़ा। बच्चे को इस तरह आता देख ट्रक ड्राइवर ने प्रयास कर अपनी गति धीमी की। तिपहिया ड्राइवर ने भी हड़बड़ाकर ब्रेक लगाया। धीमा होते-होते भी दोनों वाहन बिलकुल एक-दूसरे के निकट आकर हलकी टकराहट के बाद ही रुक पाए। हलकी सी आवाज हुई, लेकिन किसी को कोई हानि नहीं हुई। इधर-उधर से लोग इकट्ठा हुए। 'वाह-वाह' की झड़ी लग गई। हर कोई हक्का-बक्का होकर कह रहा था कि सुधीर ने आज कई जीवन बचा लिये। तिपहिए में ड्राइवर समेत सात व्यक्ति थे। यदि सुधीर ने ट्रक न रोका होता तो तिपहिए का चकनाचूर होना निश्चित था।

तिपहिए से उतरकर लोगों ने सुधीर को अपनी बाँहों में भर लिया। सबने उसको चूमा। आज पहली बार लोगों ने सुधीर के मुख पर मुसकराहट देखी। अगले दिन उसके हावभाव में अंतर

था। समाचार-पत्रों में यह घटना सुधीर के विवरण के साथ विस्तार से प्रकाशित हुई। चौराहे पर सुधीर और ये दोनों घटनाएँ चर्चा का विषय बन गईं। जनता व शासन का ध्यान चौराहे के खतरनाक मोड़ की ओर गया। तोड़-फोड़ करके इस मोड़ को खतरे से रहित बनाया गया।

चौराहे के कुछ समझदार व्यक्तियों ने वहाँ के छोटे-बड़े सभी दुकानदारों को एकत्रित करके एक महत्त्वपूर्ण बैठक बुलाई। बैठक में तय हुआ कि प्रत्येक खोखेवाली दुकान या ठेले इस चौराहे पर सड़क से हटकर लगाए जाएँ, ताकि कभी कोई दुर्घटना न-हो। लोगों में अपने आप ऐसा अनुशासन आ गया कि सड़क पर थोड़ी भी बढ़ी हुई स्थायी दुकानें भी दुकानदारों ने स्वयं तोड़कर ठीक कर लीं। चौराहा पूरी तरह से साफ और सुरक्षित दिखाई देने लगा। सुधीर चौराहे पर आता-जाता रहा, लेकिन दिनोदिन उसका मानसिक संतुलन ठीक होता जा रहा था।

डॉक्टरों के अथक परिश्रम के बाद पाँच महीने बीत जाने पर अस्पताल में भी एक चमत्कार हुआ। सुवीर ने एक दिन यकायक आँखें खोलीं। अनुराग ने खुश होकर इसकी सूचना डॉक्टर साहब को दी। सुधीर की चेतना को देखकर डॉक्टर उछल पड़े। वे काफी प्रसन्न हुए और बोले, ''अनुरागजी, अब आपके सुवीर का बाल बाँका नहीं हो सकता। अब आप सुधीर को लाकर उसके भैया से मिलवा दीजिए।''

सुधीर को अस्पताल में लाया गया। वह अपने भैया को हलकी चेतना में देखकर खुश हो गया। उसने भैया का माथा चूम लिया। सुवीर ने धीरे से अपने दोनों हाथ उठाकर सुधीर के सिर पर रखते हुए धीरे से कहा, ''मेरा भैया!''

कछुआ और पाजी खरगोश

—शोभनाथ 'लाल'

मने वह कहानी जरूर पढ़ी होगी, जिसमें कछुए और खरगोश के बीच दौड़ की बाजी लगी और घमंडी खरगोश बुरी तरह हार गया था। यह कहानी उससे अलग है, लेकिन है कछुए और खरगोश की ही। क्या है इस कहानी में? आओ, हम बतलाते हैं।

हिंद महासागर में एक छोटा सा सुंदर देश है—मॉरीशस। बहुत पुराने जमाने की बात है। तब यह फ्रांको द्वीप कहलाता था। फ्रांको द्वीप का एक राजा था। कहा जाता है कि उस राजा के शरीर में जोरों की खुजली हो गई थी। अच्छी ही नहीं होती थी। खुजाते-खुजाते राजा का बुरा हाल हो रहा था। शरीर में काफी मैल जम गई थी। राजवैद्य ने राजा को रोजाना नहाने की सलाह दी।

राजा के नहाने के वास्ते एक बढ़िया तालाब का चयन किया गया; परंतु जब राजा वहाँ स्नान के लिए पहुँचा तो तालाब का गंदा पानी देखकर बहुत दुःखी हुआ। क्रोध के मारे उसने पहरेदार को डाँटते हुए कहा, ''अब फिर पानी गंदा मिला तो मैं कड़ा दंड दूँगा।'' राजा बिना नहाए ही वापस लौट गया।

तालाब के किनारे ढेर सारे अरबी के बड़े-बड़े घने पौधे उगे हुए थे। सजा मिलने के डर से पहरेदार सजग हो गया था। वह उन्हीं पौधों के बीच बंदूक लेकर जा छिपा। रात का अँधेरा गहराने लगा था। एक खरगोश उसी ओर चोरी-छिपे आ रहा था। पहरेदार साँस रोककर उसकी प्रतीक्षा करने लगा, लेकिन हिम्मत कर उसने कहा, ''चौकीदार महोदय! नमस्ते। आपने मुझे पहचाना नहीं? आपसे मिलकर बड़ी खुशी हुई। मैं आपके लिए बड़ी अच्छी चीज ले आया हूँ।

आप खुशी से झूम उठेंगे। द्वीप-द्वीप से लाए गए इस शहद को चखकर तो देखिए, कितना मधुर है!''

खरगोश ने शहद से भरी हुई तुमड़ी चौकीदार को थमा दी। वह बड़ा खुश हुआ। वह अपना कर्तव्य (ड्यूटी) भी भूल गया। बस, पूरा शहद एक ही साँस में गटक गया। वाह, कितना बढ़िया स्वाद है इसका! किंतु बेचारे को क्या मालूम कि उसमें जड़ी-बूटियों का सत भी मिलाया हुआ था। पहले वह झूमने लगा, फिर ऊँघने लगा। थोड़ी ही देर में वह नशे में सो गया।

खरगोश पहले ठहाका मारकर खूब हँसा, फिर आगे बढ़ गया। तालाब के किनारे पहुँचकर पहले उसने रोज की भाँति कपड़े उतारे, फिर जी भर स्नान किया। चौकीदार की बेवकूफी पर एक बार फिर हँसा। उसके लालच पर थूका। जल से बाहर आकर उसने एक बड़ा सा डंडा उठाया। पैठ गया फिर पानी में। डंडे से तालाब का पानी खूब मथकर मैला कर दिया। यह उसका रोज का काम था। उसे घमंड था कि उसे कोई क्या पकड़ पाएगा? वह पाजी भी था और घमंडी भी।

राजा स्नान के वास्ते जब प्रातःकाल फिर पहुँचा तो पहरेदार अभी तक सो ही रहा था। तालाब का मैला जल देख राजा के क्रोध का ठिकाना नहीं रहा। पहरेदार को ढुँढ़वाया गया। वहाँ पड़े हुए उसी बड़े डंडे से चौकीदार की खूब मरम्मत करवाई। चौकीदार किसी प्रकार जान बचाकर वहाँ से भागा तो फिर लौटकर नहीं आया। फिर उसका अता-पता नहीं लगा।

अब तालाब की पहरेदारी कौन करे? एक नए चौकीदार की आवश्यकता आ पड़ी। चारों ओर डुग्गी पिटवाकर ऐलान करवा दिया गया।

मुरगे, गिद्ध, हंस, कुत्ते, सियार आदि पशु-पक्षी डर गए थे। कोई चौकीदार बनने के लिए तैयार नहीं हुआ; किंतु चौथे दिन एक कछुआ हिम्मत कर चौकीदारी के लिए आ खड़ा हुआ। साधारण कछुआ नहीं, बहुत विशाल था। इतने बड़े कछुए तो चिड़ियाघरों में ही देखने को मिलेंगे। शायद तुम्हें पता हो, उन दिनों सभी प्राणी एक-दूसरे की बोली समझ और बोल लेते थे।

उस समय राजा नहाए बगैर बहुत परेशान था। उसकी खुजली बढ़ती ही जा रही थी; किंतु तालाब के उस गँदले जल में नहाता भी तो कैसे?

राजा ने कछुए को पहरेदार बना तो दिया, परंतु एक कठोर शर्त भी रख दी। राजा ने यह चेतावनी दी कि यदि तालाब का पानी पुनः गंदा किया गया मिला तो पहरेदार का सिर धड़ से अलग कर दिया जाएगा।

कछुए ने विनम्रतापूर्वक यह शर्त मंजूर कर ली। यह सभी के लिए बड़े अपमान की बात थी कि कोई राजा का तालाब रोजाना गंदा किया करे और अपराधी पकड़ा भी न जाए। कछुए ने अपराधी को पकड़ने की ठान ली, जान जाए या रहे।

उसने राजा से कहा, ''ठीक है, महाराज! कछुए का मांस बड़ा स्वादिष्ट होता है न!

आपके रसोइए उससे खूब सुस्वादु भोजन बनाएँगे, यही न! परंतु महाराज! शायद मेरी जगह किसी दूसरे का ही मांस आपके रसोईघर में पहुँचे।''

राजा को प्रणाम कर कछुआ वहाँ से चला गया। वह अपराधी को पकड़ने की युक्ति में लग गया। वह इसी सोच में डूबने-उतराने लगा कि अपराधी गिरफ्तार नहीं किया गया तो जान की खैर नहीं। तभी उसके दिमाग में एक युक्ति कौंध गई। उसने अपनी बड़ी और चिकनी पीठ पर खूब गाढ़ा तारकोल पुतवा लिया। जिस ओर से अपराधी के आने का अनुमान था, कछुआ अपने सारे अंगों को भीतर समेटकर निर्जीव-सा उसी मार्ग में पड़ा रहा।

रात घिर आई थी। कछुआ चोर की प्रतीक्षा करने लगा। कब, किस तरह वह आता है?

आएगा तो इसी मार्ग से। खरगोश दबे पाँव धीरे-धीरे आ रहा था। उसकी चाल देख कछुए ने सोचा—यही दुष्ट हो सकता है। बच्चू! अब बचकर जाओगे कहाँ? उधर कछुए को देखकर खरगोश ने अनुमान किया, कितना बढ़िया आसन है। दो घड़ी बैठकर विश्राम कर लूँ। कछुआ अँधेरी रात में सचमुच चौरस चट्टान जैसा दिख रहा था।

उस ऊँचे आसन पर खरगोश जा बैठा। कछुआ कुछ देर तक साँस रोके पत्थर की भाँति निश्चेष्ट पड़ा रहा; लेकिन कब तक वह साँस रोके रहता। उसका दम घुटने लगा, फिर तो वह साँस लेने लगा। खरगोश को लगा कि उसका आसन हिल-डुल रहा है। उसने उठकर देखना चाहा कि आखिर बात क्या है? किंतु तारकोल के कारण वह कछुए की पीठ से बुरी तरह चिपक गया था। वह उठ न सका।

"मूर्ख! तुम पकड़े गए। तुम्हारी दुष्टता के कारण सभी परेशान थे।" कछुए ने अपना सिर बाहर निकालकर कहा।

"दोस्त! मजाक मत करो। मुझे जाने भी दो।" खरगोश ने कपटी मित्र की भाँति बात बनाते हुए कहा।

कछुआ चलने लगा और चलता रहा, आगे बढ़ता रहा।

खरगोश बेचैन था। उसने आव देखा, न ताव, पिछले दोनों पाँवों से एक साथ ही प्रहार कर दिया। और लो, यह क्या हुआ? उसके दोनों पाँव चिपक गए। कछुआ चुप था। जरा भी उद्विग्न नहीं हुआ। तब खरगोश ने अगले दोनों पाँव भी चला दिए। उनका भी वही हाल हुआ। खरगोश यह समझ सकने में असमर्थ था कि आखिर कछुए की पीठ पर उसके साथ क्या होता जा रहा है?

कछुए को खरगोश से मार खाने का कोई दुःख नहीं था। वह बिना किसी उत्तर-प्रत्युत्तर के राजमहल की ओर बढ़ता रहा। खरगोश का बुरा हाल था। उसकी हालत ठीक वैसी ही हो गई थी जैसे किसी सुअर के चारों पाँव एक में बाँधकर वहाँ लुढ़का दिया गया हो।

फिर भी उस घमंडी तथा दुष्ट खरगोश को अपने अपराध पर कोई पछतावा नहीं हो रहा था। उसने अकड़कर फिर कहा, "मेरे पाँव सट गए तो क्या हुआ, मेरा सिर लोहे के समान मजबूत है। इसी से तुम्हारा कचूमर निकाल दूँगा, पिद्दी कहीं के!"

कछुए ने खरगोश की इस धमकी पर भी ध्यान नहीं दिया। वह उसकी औकात जानता था। उसे तो इस चोर को राजा के सम्मुख पेश करना था। मूर्ख खरगोश ने अपना सिर भी कछुए की पीठ पर दे मारा। कछुए का तो कुछ नहीं बिगड़ा, पर खरगोश का सिर भी उसकी पीठ पर चिपककर रह गया। खरगोश की हालत देखने लायक हो गई थी।

इस बीच कछुए ने अपना रास्ता तय कर लिया। वह राजमहल के सामने पहुँच गया।

कछुआ अपनी सफलता पर खुश था। खरगोश रो रहा था।

राजा को पहले तो बहुत गुस्सा आया, किंतु खरगोश का विचित्र हाल देख वह ठठाकर हँस पड़ा। कछुए ने राजा से निवेदन किया, ''अपराधी पकड़ लिया गया, महाराज! अब तो खरगोश का मांस ही आपके रसोईघर में पकेगा। अच्छे मसाले में पकाने पर और भी स्वादिष्ट हो उठेगा। अब बताइए, महाराज! मैंने अच्छी सलाह दी थी या नहीं?''

राजा गुस्से में तो था ही। दुष्ट खरगोश की करतूत से वह बहुत परेशान हुआ था। उसने तलवार से एक ही झटके में खरगोश का सिर उड़ा दिया। रसोइया उसके कटे हुए धड़ को उठा ले गए।

तब राजा ने अपने सेवकों को बुलाकर कहा, ''अब मैं स्नान कर सकूँगा। आओ, मेरे बदन को खूब रगड़-रगड़कर मलो। मैल की मोटी परत जम गई है।''

घमंडी और दुष्ट अपराधी को उसके अपराध का फल मिल गया। उसके बाद राजा के तालाब का जल पुनः कभी गंदा नहीं हुआ।

कोठी का भूत

—श्यामला कांत वर्मा

कलकत्ता में कमलचंद नाम के एक बड़े व्यापारी थे। 'कमल कुटीर' नामक शानदार हवेली में वे बड़े ठाट से रहते थे। उनकी पत्नी धर्म-कर्म में लगी रहतीं। उनके साथ कमलचंद प्रतिवर्ष वाराणसी आया करते थे। गंगा-स्नान और बाबा विश्वनाथ का दर्शन करने के पश्चात् वे गरीबों और अपंगों को भोजन कराते तथा उन्हें दक्षिणा भी देते। वाराणसी में भी उन्होंने एक कोठी बनवा ली थी। चारों ओर खुली जमीन और बीच में बनी यह कोठी बड़ी भव्य थी। खुली जमीन पर मंडप बनवाकर संगीत-गोष्ठी और कविता-पाठ का भी आयोजन किया जाता था। काशीवासियों के बीच कमलचंद को प्रतिष्ठा प्राप्त थी। लोग प्राय: उनका नाम नहीं लेते थे, उन्हें 'सेठजी' कहकर संबोधित करते थे।

सेठ कमलचंद के आने से पूर्व ही आस-पास के लोगों को उनके कार्यक्रमों की सूचना मिल जाया करती थी। उनके सहायक पहले ही आ जाते थे। छुट्टी पड़ते ही उस कोठी और उसके सामने के मैदान की सफाई आरंभ हो जाती। इस बार ऐसा कुछ नहीं हुआ, पर कोठी में घंटा और शंख बजने की आवाज लोगों ने सुनी। उन्हें आश्चर्य हुआ। कुछ लोग सेठजी से मिलने गए। वहाँ कोठी के द्वार पर ताला लटक रहा था। स्पष्ट हो गया कि सेठजी नहीं आए हैं। जितने मुँह उतनी बातें होने लगीं।

एक व्यक्ति ने कहा, ''लगता है, कोठी में चोर घुस बैठे हैं।''

दूसरे ने प्रतिवाद किया, ''चोर भला घंटा क्यों बजाता! वह तो चुपचाप चोरी करता और धीरे से खिसक जाता।''

"एक वृद्ध व्यक्ति ने संदेह व्यक्त किया—हो न हो, कोठी में किसी भूत ने डेरा डाल रखा है। खाली घर शैतान का वास!"

भूत के अँदेशे से लोग भयभीत हो उठे। तभी घर में बरतनों के गिरने की आवाज हुई। निश्चय ही कोठी में भूतों का निवास हो गया है, यह सोचकर लोग वहाँ से खिसक गए।

कोठी में कभी घंटा बजता तो कभी शंख। दो-चार दिनों में ही वह आलीशान कोठी 'भुतही कोठी' के नाम से प्रसिद्ध हो गई। राहगीर उधर से जाने में भी भय खाने लगे।

पड़ोस के एक व्यक्ति ने सेठ कमलचंद को संदेश दिया। कोठी में भूत होने का समाचार पाकर सेठजी चिंतित हो उठे। अपने सहायकों के साथ वे वाराणसी आए। एक पड़ोसी के घर में रुककर उन्होंने थोड़ा विश्राम किया और कोठी के बारे में जानकारी ली। फिर पड़ोसियों और सहायकों के साथ वे कोठी पर पहुँच गए।

कोठी के मुख्य द्वार का ताला खोला गया। सेठजी के विश्वासपात्र नौकर महँगू ने भीतर प्रवेश किया। ड्योढ़ी में पाँव रखते ही उसने देखा कि एक बदबूदार कटा सेब सीढ़ियों से लुढ़कता हुआ गिर पड़ा। पक्षियों के पंख बिखरे पड़े हुए थे। बदबू से नाक फटी जा रही थी।

भयभीत महँगू ने हिम्मत से काम लिया। उसने चारों ओर निगाह दौड़ाई। वह कुछ समझ पाता, उससे पहले ही एक लोटा सामने आ गिरा। अब तो महँगू का बुरा हाल था, वह सिर पर पाँव रखकर भाग आया।

सेठजी ने पूछा, "क्या हुआ, महँगू? तुम इतने डरे हुए क्यों हो?"

महँगू की घिग्घी बँध गई थी। बड़े यत्नपूर्वक उसने बताया, "सरकार! सचमुच इस कोठी में भूत रहता है। अंदर घुसते ही पक्षियों के पंख मिले। बदबू से नाक फट रही थी। मैं कुछ ही आगे बढ़ पाया था कि एक सड़ा सेब उसने फेंका और फिर एक लोटा।"

महँगू की बात सुनकर लोग परेशान हो उठे। पंडितजी ने कहा, "भूत ने सेब और लोटा गिराकर हमें चेतावनी दी है। उससे छेड़छाड़ करना ठीक नहीं है।"

कोठी के द्वार पर ताला लगा दिया गया। सेठजी तथा सभी लोग मैदान में आ गए। सेठजी को चिंतित देखकर एक व्यक्ति ने सलाह दी, "तांत्रिक को बुलाकर भूत को भगाना चाहिए।"

दूसरे व्यक्ति ने कहा, "न हो तो ओझा-सोखा से मदद ली जाए।"

कमलचंद ने सबकी बातें सुनीं। उन्होंने उत्तर दिया, "मुझे सोचने का समय दीजिए।"

एक-एक कर सभी लोग अपने-अपने घर चले गए। सेठजी ने अपने सहायकों को एक धर्मशाला में टिका दिया। वे स्वयं अपने बालसखा स्वतंत्र कुमार के यहाँ चले गए।

स्वतंत्र कुमार एक जाने-माने चिकित्सक थे। वे भूत-प्रेत और अंधविश्वास को नहीं मानते थे। उन्होंने मित्र कमलचंद का स्वागत किया। उन्होंने उनकी बातें ध्यान से सुनीं। हवेली पर

भूत ने कब्जा कर लिया है और इस बात से उनका मित्र कमलचंद परेशान है, यह जानकर उन्होंने धैर्य बँधाते हुए कहा, ''कमल भाई! चिंता मत करो। आराम से सो जाओ। भूत-प्रेत जैसी कोई चीज होती ही नहीं है, अत: शंका व्यर्थ है। सवेरा होने पर मैं तुम्हारे साथ कोठी पर चलूँगा और भूत से निपट लूँगा।''

दोनों मित्र सोने चले गए। सवेरा हुआ। स्नान-ध्यान करने के बाद सेठ कमलचंद ने मित्र के साथ जलपान किया। स्वतंत्र कुमार ने एक तेज रोशनीवाली बड़ी टॉर्च ले ली। वे दोनों ही कोठी की ओर चल पड़े। रास्ते में सेठ ने अपने मित्र से कहा, ''क्या किसी तांत्रिक या ओझा-सोखा को साथ में ले लेना ठीक होगा?''

स्वतंत्र कुमार ने उत्तर दिया, ''इन लोगों की कोई आवश्यकता नहीं है। ये कुछ कर नहीं पाते हैं, केवल मूर्ख बनाते हैं। इनके चक्कर में नहीं पड़ना चाहिए।''

धर्मशाला पर रुककर सेठजी ने अपने सहायकों को भी बुला लिया। सब लोग कोठी पर पहुँच गए। ताला खोल दिया गया। भूत का कारनामा देखने के लिए पड़ोसी भी एकत्र हो गए।

स्वतंत्र कुमार ने टॉर्च जला ली। वे कोठी के अंदर जाने लगे। सेठ कमलचंद भी उनके पीछे-पीछे चल पड़े। अंदर पाँव रखते ही उछल-कूद की आहट मिली। सेठजी घबरा गए। उन्होंने कहा, ''लौट चलो, भैया! भूत उछल रहा है। वह हमें खाने आ रहा है क्या?''

उनकी बात सुनकर स्वतंत्र कुमार हँस पड़े। उन्होंने समझाया, ''कमलचंद! मैं फिर वही बात दोहरा रहा हूँ—मन के भ्रम का नाम ही भूत होता है। भ्रम को मन से निकाल दो। इस कोठी में कोई भूत नहीं है। कागज के शेर को सचमुच का शेर माननेवाला उससे दूर ही भागता है। असलियत का सामना करना चाहिए। मैं आगे बढ़ रहा हूँ, तुम चाहो तो लौट जाओ।''

किंतु स्वतंत्र कुमार के साथ कमलचंद भी आगे बढ़ते गए; पर भयभीत थे। एकाएक एक बरतन नीचे आ गिरा। कमलचंद के पाँव रुक गए, पर स्वतंत्र कुमार आगे बढ़ गए। स्वतंत्र कुमार ने देखा—बंदर उछलते-कूदते भागे चले जा रहे हैं। वे खिलखिलाकर हँस पड़े। सेठ कमलचंद ने पूछा, ''भाई! हँस क्यों रहे हो? भूत लगातार बरतन गिरा-गिराकर हमें सचेत कर रहा है और तुम्हें हँसी आ रही है। शीघ्रता करो, लौट चलो।''

स्वतंत्र कुमार ने कमलचंद की डरी-सहमी आवाज सुनी तो वे उनके पास आ गए। उन्होंने उन्हें बताया, ''मित्र! तुम्हारी कोठी 'भूत की कोठी' तो नहीं है, पर यह 'वानरी कोठी' अवश्य है। इसमें बंदरों ने डेरा डाल रखा है। मैंने उन्हें उछलते-कूदते और भागते हुए देखा है। उछल-कूद अब बंद हो गई है। चलो, ऊपर चलें।''

कमलचंद ने पूछा, ''और वह घंटे तथा शंख की आवाज?''

स्वतंत्र कुमार ने उत्तर दिया, ''उसका भी रहस्य खुल जाएगा। धैर्य धारण करो।''

दोनों मित्र ऊपर की मंजिल पर आ गए। वहाँ का दृश्य देखते ही बनता था। कटे फल बिखरे पड़े थे। इधर-उधर कुछ कपड़े भी थे। वहीं कुछ दूर पर घंटा भी था और शंख भी। बंदरों ने इन सब चीजों को लाकर इस कमरे में रख छोड़ा था। कमरे का रोशनदान टूटा हुआ था। उसी के बीच से वानर आया-जाया करते थे। नकल करने में प्रवीण बंदर ही कभी-कभी घंटा ठोकते तो वह बज उठता। शंख पर वे फूँक मारते तो वह भी आवाज निकालने लगता। यह सब देख-समझकर दोनों मित्र हँसने लगे।

कोठी के सामने जुटी भीड़ के बीच काना-फूसी हो रही थी। कोई कहता, ''लगता है, भूतों ने सेठजी और डॉक्टर बाबू को मार डाला।''

कोई कहता, ''शायद डॉक्टर बाबू भूतों से लड़ रहे हैं; पर सेठजी तो यह देखकर अवश्य ही मूर्च्छित हो गए होंगे।''

लोगों ने देखा, स्वतंत्र कुमार घंटा और शंख लिये हुए चले आ रहे हैं। उनके पीछे-पीछे सेठजी हैं। वे भी मुसकरा रहे हैं। उनके हाथ में कटे फल और कुछ कपड़े हैं।

घंटा और शंख को देखकर पुजारीजी बोल पड़े, ''अरे! यह तो मेरे मंदिरवाला ही घंटा और शंख है। कुछ दिनों पहले ये गायब हो गए थे।''

स्वतंत्र कुमार ने कहा, ''हाँ, और उसके बाद ही इनकी आवाज इस कोठी में गूँजने लगी थी। इस कोठी को 'भूतोंवाली कोठी' मान लिया गया और आप सब भयभीत हो उठे। है न?''

सेठ कमलचंद ने पुजारीजी को बुलाया। घंटा और शंख उन्हें दे दिया गया। उपस्थित भीड़ को संबोधित करते हुए उन्होंने कहा, ''भाई! आप सबके सहयोग के लिए धन्यवाद। मेरे मित्र और नगर के चिकित्सक स्वतंत्र कुमार ने इस कोठी से भूतों को निकाल दिया है। कोठी में भूतों ने नहीं, बंदरों ने डेरा डाल रखा था। हमें देखकर वे रोशनदान के रास्ते भाग निकले। मैं स्वतंत्र कुमार का आभारी हूँ।''

स्वतंत्र कुमार ने लोगों को समझाया, ''मन का भ्रम ही भूत होता है। वस्तुतः न भूत है, न प्रेत। अंधविश्वासों के कारण लोग भयभीत हो उठते हैं। इससे अहित होता है। इनसे बचना चाहिए।''

भीड़ छँट गई। कोठी की सफाई में नौकर-चाकर लग गए। सेठ कमलचंद अपने मित्र स्वतंत्र कुमार के साथ चले गए। वे उनके अतिथि थे। कभी-कभी परिहास में स्वतंत्र कुमार कहा करते, ''कहो, भुतही कोठी के मालिक!''

हँसते हुए कमलचंद उत्तर देते, ''नहीं-नहीं, वानरी कोठी का मालिक हूँ मैं।''

मुंशीजी

—श्रीप्रसाद

फकाफक धोती और झकाझक कमीज। करीने से कंघी से काढ़े हुए बाल। लंबा कद और गोरा-चिट्टा शरीर। मुंशी वशीर खाँ बस ऐसे ही थे।

जो चमक और जो स्वच्छता उनके कपड़ों में रहती थी, वही उनकी किताबों पर, उनके रूमाल पर और उनकी उस हर चीज पर रहती थी, जिसका वे उपयोग करते थे।

मुंशीजी को कोई शौक नहीं था—न पान-तंबाकू का और न किसी अन्य चीज का, यहाँ तक कि चाय का भी नहीं। चाय तो खैर छोड़ी जा सकती है, क्योंकि उन दिनों गाँवों में चाय का खास प्रचलन नहीं था। आज भी प्राय: गाँवों में चाय की जगह दूध का ही व्यवहार है, पर और चीजों का शौक तो गाँवों में था ही।

मुंशीजी गंभीर स्वभाव के थे—न अनावश्यक हँसते थे और न अनावश्यक चेहरा लटकाते थे। वे क़रीब-करीब सहज व्यक्ति थे। वे कठोर थे तो एक ही बात में कि लड़के पढ़ें और खूब पढ़ें।

तभी तो एक दिन पढ़ाते समय उन्होंने हरि से कहा, ''हरिया, ऐसे कान खींचूँगा कि जिंदगी भर याद रखेगा। कल इतना समझायीं, फिर भी सवाल गलत करके लाया। बार-बार पूछने पर भी यही कहता रहा—समझ गया मुंशीजी, समझ गया मुंशीजी। और अब दोनों के दोनों सवाल गलत।''

हरि रोने लगा। पूरी कक्षा में सन्नाटा छा गया। तभी मुंशीजी बोले, ''यहाँ आओ।''

हरि मुंशीजी का कड़ा रुख देखकर ऐसा डर गया कि उससे एक कदम भी आगे नहीं बढ़ा

गया। फिर मुंशीजी ने पुचकारकर कहा, ''यहाँ आओ, मेरे पास। मैं सजा नहीं दूँगा। मैं तो धमका देता हूँ, ताकि तुम लोग मेहनत से पढ़ो।''

हरि मुंशीजी के पास चला गया। उनके पास पहुँचकर रो पड़ा था। उन्होंने उसके आँसू पोंछे।

''रोते नहीं, मेहनत करते हैं। मैं किसलिए हूँ। तुम्हें समझाने के लिए ही न। एक बार न समझ में आए, दुबारा पूछो, दुबारा भी न समझ में आए तो तीसरी बार पूछो। मैं मेहनत से पढ़ाना चाहता हूँ। तुम मेहनत से पढ़ो।''

मुंशीजी की बात पूरी कक्षा सुन रही थी। हर कक्षा में जैसे अनेक प्रकार के लड़के होते हैं, कक्षा सात में भी थे। मुंशीजी इस कक्षा को गणित पढ़ाते थे। गणित में मुंशीजी का इतना नाम था कि अन्य स्कूलों के लड़के भी उस स्कूल में इसीलिए पढ़ना चाहते थे कि वहाँ मुंशीजी गणित के अध्यापक हैं और उन जैसा गणित पढ़ानेवाला कोई नहीं है—न चित्राहाट में, न बाह में। हम लोगों को तो यह विश्वास था कि शायद आगरा भर में उनके जैसा गणित पढ़ानेवाला कोई नहीं है। जो हो, पर आस-पास के स्कूलों में तो नहीं था।

हम लोग तब ज्यादा बड़े नहीं थे। कक्षा सात के लड़के कितने बड़े हो सकते हैं। फिर भी समझते सबकुछ थे। तभी तो उस समय की बातें अब भी स्मृति में बनी हुई हैं।

उस स्कूल में अध्यापक कई थे—सात-आठ, पर याद मुंशीजी की ही है या हिंदीवाले अध्यापक की जो कविता लिख लेते थे और प्रभात-फेरी के समय हम लोग उनकी लिखी कविता गाते थे। उनकी कॉपी में लिखी कविता हमारे लिए वेद के समान महत्त्वपूर्ण थी, क्योंकि हम लोगों के विचार में कविता लिखनेवाला व्यक्ति या तो तुलसीदास जैसा महान् था या सूरदास और कबीरदास जैसा। हिंदीवाले अध्यापक इन्हीं में से किसी के समान थे।

पर हम लोगों पर मुंशीजी की छाप तो अजीब सी पड़ी थी। पढ़ाई का काम भी मेहनत का काम है, यह मुंशीजी से ही सीखा था। पढ़ाई दाल-भात का कौर नहीं है, जैसे खेती या मजदूरी दाल-भात का कौर नहीं है। जो मेहनत से भागता हो, वह पढ़ाई का काम न करे। वह कुछ और करे।

मुंशीजी ने हमें पढ़ाकू बनाया था और मेहनती भी। उनके पढ़ाने पर ही धर्मवीर कभी सौ में सौ और कभी सौ में निन्यानबे या अट्ठानबे नंबर लाता था। कुछ और भी अच्छे लड़के थे, पर धर्मवीर की बात ही अलग थी। आखिर वह मुंशीजी का शिष्य था।

हम लोग भी मुंशीजी के शिष्य थे। गणित में अधिक अच्छे नहीं निकले तो गणित के कारण गाड़ी कहीं रुकी भी नहीं।

उस समय की एक हँसानेवाली घटना याद आती है। यह घटना है करीमुद्दीन की।

करीमुद्दीन, अफरोज और सलीम तीनों ही हम लोगों के दोस्त थे, फिर भी अफरोज और सलीम जैसा करीमुद्दीन दोस्त न था। कारण यही था कि करीमुद्दीन पढ़ने से जी चुराता था। उसको यह भी भ्रम था कि मुंशीजी उसे अधिक महत्त्व देंगे, क्योंकि वे दूर के उसके चाचू लगते थे।

एक दिन मुंशीजी ने सबको कक्षा में सवाल समझाकर दो सवाल घर पर करने के लिए दिए। महीने में वे एक बार घर पर करने के लिए सवाल देते थे और बीस नंबर के उन सवालों में पास होना आवश्यक था, नहीं तो विद्यार्थी कड़ी सजा पाता था।

सभी ने सवाल करके दूसरे दिन कॉपी जमा की। करीमुद्दीन ने भी कॉपी जमा की। आधे घंटे में मुंशीजी ने सबकी कॉपियाँ जाँच दीं। फिर उन्होंने कहा, "बच्चो, तुममें से सभी पास हैं,

सिर्फ दो लड़कों को छोड़कर। जो लड़के फेल हुए हैं, वे थोड़ी और मेहनत करें; क्योंकि उन्होंने जरा सी भूल की है। पर इस कक्षा में सबसे अच्छे नंबर करीमुद्दीन को मिले हैं। उसे बीस में से बीस मिले हैं।''

पूरी कक्षा आश्चर्य में पड़ गई। किसी ने सोचा—करीमुद्दीन शायद पढ़ने लग गया है। तभी सबसे ज्यादा नंबर मिले हैं। पर किसी ने सोचा—कोई गड़बड़ी है। करीमुद्दीन तो लापरवाह लड़का है। वह पढ़ता-लिखता ही नहीं। किसी से पूछकर उसने सवाल कर लिये होंगे।

दो-एक लड़कों ने यह भी सोचा कि मुंशीजी करीमुद्दीन के चाचू हैं, इसीलिए उसे सबसे अधिक नंबर दिए हैं। और एक लड़के ने यह भी सोच लिया कि मुंशीजी मुसलमान हैं और करीमुद्दीन भी। लिहाजा करीमुद्दीन को सबसे अधिक नंबर मिलेंगे ही।

मुंशीजी कक्षा में सबकी प्रशंसा करके बोले, ''करीमुद्दीन, यहाँ आओ। तुम अपने नंबर देख लो।''

करीमुद्दीन को काटो तो खून नहीं। वह वास्तविकता जानता था, इसलिए खड़ा तो हो गया, पर मुंशीजी के पास जाने की हिम्मत नहीं हुई।

मुंशीजी ने फिर कहा, ''भैया करीमुद्दीन, यहाँ आओ। तुम्हें सबसे ज्यादा नंबर मिले हैं। आकर देख लो।''

बेचारा करीमुद्दीन डरते-डरते मुंशीजी के पास गया। मुंशीजी ने उसे उसकी कॉपी दिखाई। वह सिर झुकाकर रह गया। फिर मुंशीजी ने वह कॉपी पूरी कक्षा को दिखाई। कॉपी के ऊपर बड़ा सा शून्य रखा था।

मुंशीजी बोले, ''करीमुद्दीन, इस चक्कर में मत रहना कि तुम भी मुसलमान हो और मैं भी मुसलमान हूँ या मैं तुम्हारा दूर का चाचू हूँ। मैं मुंशीजी हूँ—तुम्हारा और सबका। जो लड़का पढ़ने में अच्छा है, उसी को मैं सबसे ज्यादा पसंद करता हूँ। तुम्हें नहीं पढ़ना है तो कल से आना बंद कर दो, नहीं तो बिना मेहनत किए कुछ नहीं होगा।''

आखिर करीमुद्दीन सिर झुकाए-झुकाए ही अपनी जगह पर आकर बैठ गया।

बाद में करीमुद्दीन भी लगभग अच्छा विद्यार्थी बन गया, पर बना वह मुंशीजी की डाँट-फटकार से ही।

आज मुंशीजी की ये बातें रह-रहकर याद आती हैं।

पूरे दो वर्ष मुंशीजी ने हम लोगों को पढ़ाया। तीन वर्ष पहले उनका स्थानांतरण एक अन्य स्कूल में हो गया। जैसे ही यह सूचना स्कूल में आई, सारे विद्यार्थी फूट-फूटकर रो उठे। कोई कक्षा में रो रहा है, कोई पेड़ के नीचे, कोई बैठे-बैठे रो रहा है, कोई खड़े-खड़े। मुंशीजी नियमानुसार कक्षा में आए। उन्होंने जब इस हालत में लड़कों को देखा तो धीरज बँधाते हुए कहा,

"तुम लोग रोओ मत। दूसरे अध्यापक भी अच्छे ही आएँगे। जैसा मैं वैसे और अध्यापक। किसी के दूसरे स्कूल में जाने से रोना क्या!"

पर रोने का कारण तो हम लोग जानते थे। और अध्यापक थे तो शिवशंकर वाजपेयी, राजीव शर्मा और खुद प्रधानाचार्य रामनाथ आदि। क्या इनमें कोई मुंशीजी जैसा था, एक हिंदीवाले अध्यापक को छोड़कर जो कविता लिख लेते थे।

मुंशीजी दूसरे स्कूल में चले गए और हम लोग नए अध्यापक का इंतजार करने लगे। एक हफ्ते तक कोई नहीं आया।

और एक हफ्ते बाद मुंशीजी ही आ गए। क्या बात हुई, पता नहीं; पर मुंशीजी को पाकर स्कूल में जैसे खुशी लौट आई, जैसे पतझड़ वसंत में बदल गया, जैसे भयानक लू के स्थान पर हवा के ठंडे झोंके चलने लगे।

कछपुरा के बाद मैंने और विद्यालयों में भी शिक्षा ली, किंतु मुंशीजी जैसी बात बाद में एक-आध अध्यापक में ही दिखाई दी—वह भी उतनी नहीं।

अब तो मैं भी अध्यापक हूँ और उम्र भी ब्रहुत हो गई, किंतु मुंशीजी जैसा अध्यापक क्या मैं भी बन पाया? यह सवाल मैं बार-बार अपने से पूछा करता हूँ, बार-बार।

सच्चा हिंदुस्तानी

—संजीव जायसवाल 'संजय'

दिसंबर का आखिरी सप्ताह चल रहा था। सर्द बर्फीली हवाओं से हड्डियाँ तक काँप रही थीं। चारों ओर जहाँ तक दृष्टि जाती थी बर्फ बिछी हुई थी।

कश्मीर में श्रीनगर से 150 कि.मी. दूर भारत और पाकिस्तान की सीमा की एक ऊँची पहाड़ी चोटी पर बनी चौकी पर इस समय केवल दो व्यक्ति मौजूद थे।

हवलदार जागीरदार सिंह और लक्ष्मण सिंह। दोनों एक से बढ़कर एक जाँबाज और जोशीले। वैसे तो उस चौकी पर हमेशा आठ सिपाही मौजूद रहते थे लेकिन कड़ाके की ठंड के कारण दो सिपाहियों की तबीयत बहुत खराब हो गई थी। अत: उन्हें कल ही नीचे वापस भेज दिया गया था। उनकी जगह अभी दूसरे सिपाही नहीं आ पाए थे।

इसके अलावा आज सुबह वायरलेस पर खबर मिली थी कि इस चौकी के लिए रसद और खाद्य सामग्री लेकर आ रहा दल बर्फ की चट्टान खिसक जाने के कारण घाटी में गिर गया है। उसे मदद पहुँचाना जरूरी है। उस समय चौकी पर केवल छह व्यक्ति मौजूद थे। अत: सूबेदार जगत सिंह को वहाँ से ज्यादा व्यक्तियों को ले जाने में संकोच हो रहा था।

''सूबेदार साहब, जो लोग घाटी में गिर गए हैं उनको मदद पहुँचाना जरूरी है। पता नहीं बेचारे किस हाल में होंगे। आप सभी को लेकर फौरन वहीं रवाना हो जाइए। मैं अकेले ही चौकी को सँभाल लूँगा।'' हवलदार जागीर सिंह ने प्रस्ताव रखा।

''जागीर सिंह, मैं जानता हूँ कि तुम बहुत बहादुर आदमी हो, लेकिन यह बहुत खतरनाक इलाका है। पाकिस्तानी सैनिक हर पल इस चौकी पर कब्जा करने के लिए घात लगाए बैठे हैं।

इसलिए तुम्हारा अकेला रहना उचित नहीं है।'' सूबेदार जगत सिंह ने कहा।

''सूबेदार साहब, मैं एक सच्चा सिख हूँ। गुरु गोविंद सिंहजी महाराज ने कहा था कि एक सच्चा सिख सवा लाख दुश्मनों से लड़ सकता है, फिर मुट्ठी भर पाकिस्तानियों की क्या बिसात! मेरे जीते-जी वे इस चौकी को हाथ भी नहीं लगा सकते हैं। आप लोग अपने मुसीबतजदा साथियों की मदद के वास्ते जाइए। यहाँ मैं सब सँभालूँगा।'' जागीरदार सिंह ने दृढ़ स्वर में कहा। उसके सवर से आत्मविश्वास झलक रहा था।

''तुम्हारा कहना ठीक है, लेकिन फिर भी मैं एक और आदमी को तुम्हारे पास छोड़े जा रहा हूँ क्योंकि 1 और 1 मिलकर 11 हो जाते हैं।'' सूबेदार जगत सिंह ने कहा। फिर एक क्षण रुककर उन्होंने पूछा, ''बताओ, तुम्हारे साथ किसे छोड़ दूँ?''

''जिसे चाहे उसे छोड़ दें, हिंदुस्तानी फौज के सभी सिपाही एक से बढ़कर एक जाँबाज हैं।'' जागीरदार सिंह मुसकराते हुए बोला।

''तुम ठीक कहते हो, बहादुरी ही हमारी परंपरा है और हर हालत में हमें इस परंपरा को बनाए रखना है।'' सूबेदार जगत सिंह भी मुसकराए।

इतना कहकर उन्होंने अपने साथियों पर एक दृष्टि डाली।

सभी देश के लिए प्राण न्योछावर कर देनेवाले सजग प्रहरी थे। वे तय नहीं कर पा रहे थे कि किसे इस खतरनाक मोरचे पर रुकने के लिए कहें, किंतु किसी-न-किसी को तो जागीरदार सिंह के साथ वहाँ छोड़ना था। कुछ सोचकर उनकी दृष्टि हवलदार लक्ष्मण सिंह पर टिक गई। उन्होंने आत्मविश्वास भरे स्वर में कहा, ''लक्ष्मण सिंह, तुम यहाँ रुक जाओ। जब तक हम लोग वापस न लौट आएँ, इस चौकी की सुरक्षा की जिम्मेदारी तुम दोनों की रहेगी।''

''हम अपने प्राणों की बाजी लगाकर भी इस जिम्मेदारी को पूरा करेंगे।'' लक्ष्मण सिंह ने भरपूर आत्मविश्वास के साथ उत्तर दिया।

''हमें तुम दोनों पर विश्वास है, फिर भी हर पल सावधान रहना। पाकिस्तानी सैनिक बहुत दिनों से इस चौकी पर कब्जा करने के फिराक में हैं।'' सूबेदार जगत सिंह ने समझाया।

''आप निश्चिंत होकर जाइए। लक्ष्मण के रहते यह जागीर सुरक्षित है और इस जागीर के रहते हिंदुस्तान की जागीर को कोई छू नहीं सकता।'' जागीरदार सिंह हँसते हुए बोला।

उसकी बात सुन सभी के चेहरों पर हँसी की लहर दौड़ गई। सूबेदार जगत सिंह कुछ अन्य आवश्यक दिशानिर्देश देने के बाद अपने साथियों के साथ चौकी से चले गए।

चौकी पर अब जागीरदार सिंह और लक्ष्मण सिंह रह गए थे। दोनों ही बिलकुल सतर्क और सावधान बैठे थे। चारों ओर निस्तब्धता छाई हुई थी। समय धीरे-धीरे आगे खिसक रहा था।

''लक्ष्मण सिंह, सुना है कि तुम्हारे पिताजी भी फौज में थे?'' जागीरदार सिंह ने सन्नाटे

को भंग करते हुए पूछा।

"मेरे दादा भी फौज में थे। हमारे यहाँ हर पीढ़ी का कम-से-कम एक व्यक्ति फौज में जरूर आता है। हमारी पीढ़ी में यह सौभाग्य मुझे मिला है। मेरे बाकी दोनों भाई गाँव में रहकर खेती सँभालते हैं।" लक्ष्मण सिंह ने बताया। अपने खानदान का जिक्र करते समय उसके चेहरे पर गर्व की रेखाएँ उभर आई थीं।

"इसका मतलब खानदानी फौजी हो।"

"जी हाँ।" लक्ष्मण सिंह की आँखें चमक उठीं। उसने अपने हाथ में थमी राइफल को मजबूती से थामा। उसे अपने सिर-आँखों पर लगाया, फिर आत्मविश्वास भरे स्वर में बोला, "मेरे बाद मेरे खानदान की परंपरा को मेरे बेटे निभाएँगे। वे दोनों इस समय लखनऊ के सैनिक स्कूल में पढ़ रहे हैं। बड़े होकर वे भी हिंदुस्तानी फौज की सेवा करेंगे।"

"तुम्हारे बेटे लखनऊ में पढ़ रहे हैं?" जागीरदार सिंह चौंक पड़ा।

"हाँ, क्या तुम लखनऊ में किसी को जानते हो?"

"अरे, मैं भी तो वहीं पला-बढ़ा हूँ।"

"लखनऊ में कहाँ रहते हो?" लक्ष्मण सिंह ने पूछा।

यह प्रश्न सुन जागीरदार सिंह के चेहरे पर विषाद की रेखाएँ उभर आईं। वह शून्य में निहारते हुए बोला, ''हम लोग वहाँ रेलवे की आर.डी.एस.ओ. कॉलोनी में रहते थे। मेरा बचपन से कसरती शरीर था। अत: कॉलोनी के लड़कों ने मुझे अपना नेता मान लिया था। मुझसे किसी पर अन्याय होते देखा नहीं जाता था। अत: अकसर इलाके के दबंगों से झड़प हो जाती थी। कुछ शोहदे कॉलोनी की लड़कियों को बहुत तंग करते थे। समझाने-बुझाने का उनपर कोई असर नहीं पड़ता था। एक दिन बदतमीजियों से आजिज दो लड़कियाँ मेरे पास रोती हुई आईं तो मेरा खूनं खौल उठा। अपने साथियों के साथ मैंने उन शोहदों को पकड़कर ऐसा सबक सिखाया कि उन्हें सीधे मेडिकल अस्पताल में भरती करना पड़ा।

''मामला पुलिस तक पहुँच गया था। मेरे बाउजी जमानत तो करा लाए, लेकिन उन्हें बहुत शर्मिंदगी का एहसास हो रहा था। उन्होंने खाना-पीना छोड़ दिया था। मैंने उन्हें समझाया कि मैंने बहादुरी का काम किया है, कोई चोरी नहीं की है। अत: वे नाहक शर्मिंदगी महसूस कर रहे हैं। इसपर भड़कते हुए बोले कि 'गलियों में आवारागरदी करने को तू बहादुरी कहता है। अगर अपने छह फुट के शरीर पर तुझे इतना ही गर्व है तो जा फौज में भरती हो जा और दुश्मनों पर अपनी बहादुरी दिखा।' ''

इतना कहकर जागीरदार सिंह क्षण भर के लिए रुका, फिर अपने हाथ में थमी मशीनगन पर हाथ फेरते हुए बोला, ''पिताजी की बात मेरे दिल में लग गई और मैं सीधा आकर फौज में भरती हो गया। तबसे तीन साल हो गए हैं, लखनऊ वापस नहीं गया हूँ।''

''तीन साल बहुत होते हैं। तुम्हें आज लखनऊ जाकर अपने माताजी-बाउजी से मिल आना चाहिए।'' लक्ष्मण सिंह ने समझाया।

''न, अब तो लखनऊ तभी वापस जाऊँगा जब अपनी बहादुरी साबित कर चुका होऊँगा। ताकि बाउजी जमानेवालों से गर्व से कह सकें—'वो देख मेरा जगीरा आया है''''देख मेरा जगीरा आया है।' '' जागीरदार सिंह जोश से खड़े होते हुए बोला।

'ज''''गी''''रा''''' एक तेज चीख गूँजी और लक्ष्मण सिंह ने पूरी शक्ति से जागीरदार सिंह को पीछे ढकेल दिया। इसी के साथ गोली की आवाज घाटी में दूर तक गूँजती चली गई। अगले ही क्षण लक्ष्मण सिंह भी लड़खड़ाकर गिर पड़ा।

जागीरदार सिंह ने झपटकर लक्ष्मण सिंह के कंधे को पकड़ लिया। गोली उसके बाएँ कंधे के भीतर घुस गई थी और उसके तेजी से खून निकल रहा था।

''लक्ष्मण, यह तूने क्या किया? मुझे बचाने के वास्ते गोली खुद खा ली।'' जागीरदार सिंह की आवाज भर्रा उठी।

''जगीरा, दुश्मनों को शायद पता लग गया है कि चौकी पर हम दो जने हैं। वे तीन तरफ

से चौकी को घेरकर आगे बढ़ रहे हैं। आज बहादुरी दिखाने का मौका आ गया है।''

''दुश्मनों को बता दे कि दो हिंदुस्तानी भी उन्हें सबक सिखाने के लिए काफी हैं।'' लक्ष्मण सिंह अपने कंधे को दाएँ हाथ से दबाते हुए बोला।

''लेकिन लक्ष्मण, तुम्हारे कंधे से तो बहुत खून बह रहा है।'' जागीरदार सिंह असमंजस भरे स्वर में बोला।

''मेरी छोड़ और इस चौकी की चिंता कर जिसकी रक्षा करने का तूने वचन दिया है। हम और तुम अगर मर भी गए तो कोई फर्क नहीं पड़नेवाला है, लेकिन अगर यह चौकी दुश्मनों के हाथ लग गई तो'''तो पूरे देश की नाक कट जाएगी।'' लक्ष्मण सिंह एक-एक शब्द पर जोर देते हुए बोला।

जागीरदार सिंह के जबड़े भिंच गए और वह गुर्राते हुए बोला, ''लक्ष्मण सिंह अभी मरने का नाम भी मत लो। सौगंध खाओ कि जब तक हम इस चौकी की ओर अपने नापाक कदम बढ़ानेवाले एक-एक दुश्मन को मार नहीं लेंगे तब तक अपने प्राण नहीं त्यागेंगे।''

लक्ष्मण सिंह ने अपना खून से भरा हाथ आगे बढ़ाया तो जागीरदार सिंह ने उसे मजबूती से थाम लिया। उसका हाथ भी खून से रँग गया। उस खून से अपने माथे पर तिलक लगाने के बाद

उसने लेटे-लेटे बाहर की तरफ झाँका। दुश्मन काफी बड़ी संख्या में आगे बढ़ रहे थे।

जागीरदार सिंह के हाथ में एक मशीनगन थी। उसने उसे लक्ष्मण सिंह की तरफ उछाल दिया और लेटे-लेटे तेजी से अंदर जाकर चार मशीनगनें और निकाल लाया।

जिस तरफ पाकिस्तान की सीमा थी चौकी के उस हिस्से में बालू की बोरियों की दो फीट ऊँची दीवाल बनी हुई थी ताकि आवश्यकता पड़ने पर उसके पीछे लेटकर दुश्मन की गोलीबारी का जवाब दिया जा सके। जागीरदार सिंह थोड़ी-थोड़ी दूरी पर उन बोरियों के पीछे मशीनगन रखने लगा।

''यह क्या कर रहा है?'' लक्ष्मण सिंह ने पूछा।

''दुश्मनों को पता नहीं लगना चाहिए कि यहाँ पर हम केवल दो व्यक्ति हैं।''

''शायद यह बात उन्हें पता लग चुकी है तभी उन्होंने आगे बढ़ने की हिम्मत की है।''

''अभी उनकी गलतफहमी दूर हो जाती है।'' इतना कहकर जागीरदार सिंह एक मशीनगन से फायर झोंकने लगा।

धायँ...धायँ...धायँ...की आवाज से घाटी थर्रा उठी। कुछ ही क्षणों बाद उस मशीनगन को छोड़ लुढ़कता हुआ जागीरदार सिंह दूसरी मशीनगन के पास पहुँचा और उसके ट्रैगर को दबाने लगा। गोलियों की बरसात होने लगी।

इसी तरह जागीर सिंह तीसरी और फिर चौथी मशीनगन के पास पहुँचा। दुश्मन अब तक काफी करीब आ चुके थे। जागीरदार सिंह की गोलियों की बरसात होते ही उनके कई साथी ढेर हो गए और बाकियों ने मोरचा सँभाल लिया था।

दोनों तरफ से गोलियेां की बौछार होने लगी। लक्ष्मण सिंह जागीरदार सिंह की रणनीति को समझ चुका था। उसने अपनी पगड़ी उतारकर कंधे पर बाँधा, फिर घिसटता हुआ बोरियों के पास आया। अगले ही पल उसकी मशीनगन भी आग उगलने लगी। हालाँकि मशीनगन के झटकों से उसका कंधा बुरी तरह दुखने लगा था, लेकिन उसे उसकी परवाह नहीं थी। उसके सिर पर भी जुनून सवार हो चुका था। सबकुछ भूलकर वह भी गोलियाँ बरसाए जा रहा था।

जागीरदार सिंह बारी-बारी से चारों मशीनगन चला रहा था। गोलियों की बाढ़ ने दुश्मनों के बढ़ते हुए कदम रोक दिए थे। वैसे भी पहाड़ी के ढलान में होने के कारण वे तेजी से आगे बढ़ पाने में असमर्थ थे। चूँकि वे पूरी तैयारी के साथ आए थे अत: वे भी अंधाधुंध गोलियाँ चला रहे थे। दो-तरफा गोलियों की बरसात से पूरी घाटी थर्रा उठी थी।

लक्ष्मण सिंह और जागीरदार सिंह निशाना ताक-ताककर गोलियाँ बरसा रहे थे। थोड़ी ही देर में आधे से ज्यादा पाकिस्तानी सैनिक ढेर हो गए। यह देख लक्ष्मण सिंह और जागीरदार सिंह का उत्साह काफी बढ़ गया था। दुश्मन के पाँव बस उखड़ने ही वाले थे।

अचानक एक मशीनगन से दूसरी मशीनगन की तरफ बढ़ रहे जागीरदार सिंह के शरीर में एक साथ तीन-चार गोलियाँ घुस गईं। वह लड़खड़ाकर गिर पड़ा।

यह देख लक्ष्मण सिंह चीखा, ''जगीरा, दुश्मन बस भागनेवाला है। हिम्मत से काम ले। उठ और अपनी सौगंध पूरी कर।''

लक्ष्मण सिंह के शब्दों ने जादू का काम किया। अपने शरीर से बह रहे रक्त की परवाह न करते हुए जागीरदार सिंह चीते की भाँति उठकर मशीनगन की ओर झपट पड़ा, उसकी मशीनगनें फिर आग उगलने लगीं।

भारतीय चौकी के सभी हिस्सों से गोलियों की बरसात हो रही थी। यह देख पाकिस्तानी कमांडर को लगा कि शायद उसकी सूचना गलत है। चौकी में केवल दो सैनिक नहीं बल्कि सैनिकों की पूरी टुकड़ी मौजूद है। अतः उसने वापस लौटने में ही भलाई समझी।

अपने कमांडर का आदेश मिलते ही पाकिस्तानी सैनिक अपने मृत साथियों के शव वहीं छोड़ वापस भाग खड़े हुए। यह देख लक्ष्मण सिंह खुशी से चीख पड़ा, ''हम जीत गए जगीरा। हम जीत गए। हमारी सौगंध पूरी हो गई।''

जागीरदार सिंह ने कोई उत्तर नहीं दिया। उसकी उँगलियाँ ट्रेगर पर दबी हुई थीं और वह

लगातार गोलियाँ चलाए जा रहा था। यह देख लक्ष्मण सिंह ने कहा, ''ओय जगीरा, अब बस कर। ये गोलियाँ बचाकर रख ले, तेरे साथ दीवाली मनाएँगे तब चलाएँगे।''

जागीरदार सिंह ने कोई उत्तर नहीं दिया। उसकी मशीनगन अभी भी आग उगल रही थी। तब लक्ष्मण सिंह ने घिसटते हुए उसके करीब आकर कहा, ''बस कर यार, भागते दुश्मन की पीठ पर गोली नहीं मारी जाती।''

इतना कहकर उसने जागीरदार सिंह के कंधे पर हाथ रखा तो उसका शरीर लुढ़क गया और मशीनगन उसके हाथ से छूट गई। उसकी आँखों की ज्योति गायक हो चुकी थी, किंतु वे प्रसन्नता से चमक रही थीं। उसके होंठों पर संतोष भरी मुसकान थिरक रही थी।

लक्ष्मण सिंह ने उसके चेहरे को अपने दोनों हाथों में थामा, फिर उसे चूमते हुए फफक पड़ा, ''अरे जगीरा, तूने तो सौगंध खाई थी कि तू अपने जीते-जी दुश्मनों को इस चौकी पर कदम नहीं रखने देगा, पर तू तो अपनी सौगंध से भी आगे बढ़ गया। तूने तो मरने के बाद भी दुश्मनों के नापाक कदम इस पवित्र धरती से उखाड़ दिए। तू सच्चा सिपाही है रे जगीरा। तू सच्चा हिंदुस्तानी है।''

लक्ष्मण सिंह फूट-फूटकर रोए जा रहा था। तभी उसे अपने आस-पास कुछ कदमों की आहट का एहसास हुआ। उसने सिर उठाकर देखा। सूबेदार जगत सिंह गोलियों की आवाज सुन अपने साथियों के साथ वापस लौट आए थे।

जागीरदार सिंह की जाँबाजी की दास्तान सुन सभी की आँखें नम हो आईं। सभी ने सेल्यूट मारकर अपने शहीद साथी की शहादत के प्रति सम्मान प्रकट किया।

सूबेदार जगत सिंह ने वायरलेस पर जागीरदार सिंह की शूरवीरता और पाकिस्तानी हमले की विफलता की रिपोर्ट सैनिक मुख्यालय भेज दी।

अगले दिन सेना के विशेष विमान से जब लखनऊ हवाई अड्डे पर तिरंगे झंडे में लिपटा हुआ जागीरदार सिंह का शव उतारा गया तो उसकी माँ अपने आँसू रोक न सकी और फफककर रो पड़ी।

''न जगीरे की माँ न,'' जागीरदार सिंह के बाउजी उनका कंधा पकड़कर चीख पड़े, ''रोना नहीं। आज मेरा जगीरा आया है, अपने बाप से मिलने। चल खुशियाँ मना और रब से दुआ कर कि हर जन्म में जगीरे को हमारा ही बेटा बनाए।' यह कहकर जब उन्होंने अपने कँपकँपाते हाथों से जगीरे के पार्थिव शरीर को सलामी दी तो वहाँ उपस्थित सभी आँखें नम हो गईं।

एक से बढ़कर एक

—सत्यदेव नारायण सिन्हा

किसी गाँव में बड़ा ही शक्तिशाली एक पहलवान रहता था। उसका डील-डौल इतना विशाल था कि दूर से देखने में वह कोई दैत्य लगता। खुले मैदान में जब वह बैठा रहता तब एक बड़े चट्टान की तरह नजर आता। भोजन करने बैठता तो आधा मन यानी बीस सेर चावल का भात खा जाता। कोई साधारण पहलवान उस पहलवान से कुश्ती की हिम्मत भी नहीं करता था।

इस पहलवान के गाँव से कई कोस दूर एक और पहलवान रहता था। वह भी इसी पहलवान की तरह विशालकाय था। उसकी एक बार की खुराक एक मन चावल का भात था। इसीलिए लोगों ने आधा मन चावल खानेवाले का नाम 'अधमन्ना पहलवान' और मन भर चावल खानेवाले का नाम 'मन्ना पहलवान' रख दिया था।

दोनों पहलवानों में बड़ी दोस्ती थी। वे एक-दूसरे के यहाँ आते-जाते, घंटों बैठकर आपस में गप्पें लड़ाते और साथ ही खाते-पीते। कभी किसी को किसी चीज की जरूरत पड़ती तो एक-दूसरे के यहाँ से मँगवा लिया करते थे। अखाड़े में आपस में कुश्ती लड़कर जोर-आजमाइश करने के सिवा वे पक्के दोस्त थे; मगर दोनों पहलवानों को इस बात का बहुत घमंड था कि उनके जैसा भोजन करनेवाला और शरीर से बलशाली कोई दूसरा पहलवान नहीं है।

एक दिन अधमन्ना पहलवान को दातून करने के लिए अपने घर में कुछ नहीं मिला तो उसने अपने बेटे से कहा कि जरा मन्ना पहलवान के यहाँ जाकर एकाध बोझ दातून माँग लाओ। बेटे ने वहाँ पहुँचकर आवाज दी तो मन्ना पहलवान की पत्नी घर से बाहर आई। अधमन्ना

पहलवान के बेटे ने उन्हें प्रणाम कर कहा, ''चाची! बाबूजी ने दातून के लिए भेजा है। कहा है कि दस-बारह ताड़ के पेड़ ले आओ। वह उसी से दातून करते हैं न। चाचाजी घर में नहीं हैं क्या?''

पहलवान की पत्नी बोली, ''नहीं, वे तो बाहर गए हैं; मगर मैं तुम्हें खाली हाथ नहीं जाने दूँगी।'' मन्ना पहलवान के घर के आस-पास ताड़ के पेड़ों की कमी नहीं थी। पहलवान की पत्नी ने झट ताड़ के बीस-बाईस पेड़ों को झुकाया और पट-पट तोड़कर उनका गट्ठर बना अधमन्ना पहलवान के बेटे को देती हुई बोली, ''ले जाओ बेटा, इनसे तुम्हारे पिताजी का काम चल जाएगा; मगर हमें बड़ा आश्चर्य हुआ यह जानकर कि तुम्हारे पिताजी ताड़ के पेड़ का दातून बनाते हैं, जबकि तुम्हारे चाचा इसका इस्तेमाल दाँत में फँसी हुई चीज को निकालने के लिए तिनका के रूप में करते हैं।''

अधमन्ना पहलवान के बेटे ने ताड़ के पेड़ों का गट्ठर उठाकर काँख में दबाया और घर जाकर अपने पिता से कहा, ''मन्ना चाचा ताड़ के पेड़ का इस्तेमाल तिनके की जगह करते हैं। चाची हँस रही थीं। कह रही थीं, तुम्हारे मन्ना चाचा नीम के पूरे पेड़ को उखाड़कर उसके तने से दातून करते हैं।''

इतना सुनते ही अधमन्ना पहलवान को तैश आ गया। वह जा पहुँचा मन्ना पहलवान के दरवाजे पर। ताल ठोककर उसने ललकारा, ''आ जाओ अखाड़े में और कर लो फैसला कि हम दोनों में कौन बलवान है!''

मन्ना पहलवान भी कब पीछे हटनेवाला था। उसने कहा, ''हाँ-हाँ, कुश्ती लड़कर फैसला कर ही लो; मगर हमारे बलवान होने का फैसला तो वही करेगा न, जो हमसे बलवान होगा। आओ चलें, किसी बलवान आदमी की तलाश में।''

कुछ ही दूर जाने पर उन दोनों ने अपने से भी दस गुनी लंबी-चौड़ी विशाल काया की एक स्त्री को सिर पर कुछ सामान लेकर जाते देखा। उसके सिर पर इतना सामान था कि वह दो-तीन ट्रक में आ जाता; मगर वह उतना वजनी सामान आसानी से लिये चल रही थी। जब वह स्त्री पास आई तो उसकी कद-काठी के आगे ये दोनों पहलवान बौने लगने लगे। वह एक कदम चलती थी तो इन पहलवानों को बीस कदम दौड़ना पड़ता था। उस स्त्री के साथ दौड़ते हुए मन्ना और अधमन्ना पहलवान ने उससे अपनी कुश्ती का फैसला कर देने की प्रार्थना की।

उस स्त्री ने कहा, ''तुम बित्ते भर के लोगों की कुश्ती देखने और फैसला करने की फुरसत भला किसे है! अरे, जितनी देर में तुम लोगों की कुश्ती देखूँगी उतनी देर तक मेरा मुन्ना भूखा रहेगा। देखते नहीं हो, सिर पर इतना सामान उसी के नाश्ते के लिए ही तो ले जा रही हूँ।''

जब मन्ना और अधमन्ना पहलवान ने बहुत प्रार्थना की तो उस स्त्री ने कहा, ''अच्छा, एक काम करो। मैं चलती भी रहूँगी और तुम्हारी कुश्ती भी देखती रहूँगी। मेरी दाईं हथेली पर तुम

दोनों खड़े हो जाओ और कुश्ती लड़ो।''

उस स्त्री ने दोनों पहलवानों को अपनी हथेली पर खड़ा कर दिया। चलते हुए वह दोनों की कुश्ती भी देखती जाती थी। दोनों पहलवान एक-दूसरे पर एक से एक दाँव लगाने लगे। एक स्थान पर ठोकर लगने से स्त्री थोड़ी तिलमिलाई तो दोनों पहलवान उस स्त्री के आराम करते हुए पाँच वर्षीय बेटे की आँख में भद्द से गिर गए। उसके बेटे ने समझा कि आँख में कोई नन्हा सा कीड़ा गिर गया है। अत: उसने दाईं हाथ की तर्जनी एवं अँगूठे की सहायता से उन्हें निकाला और चुटकी बनाकर ऐसा फेंका कि मन्ना और अधमन्ना पहलवान सात सौ कोस दूर एक नदी की रेत पर भद्द-भद्द गिरे।

नदी का वह सुनसान इलाका देखकर दोनों सोचने लगे कि आखिर अब घर कैसे पहुँचा जाए। पत्नी और बच्चे उसका इंतजार कर रहे होंगे और समय पर नहीं पहुँचने पर सब घबरा जाएँगे; पर वे कहाँ फेंक दिए गए हैं, इस बात की जानकारी उन्हें तो थी नहीं। भूख से दोनों छटपटा रहे थे। उन्हें अपनी मूर्खता और घमंड पर बहुत पछतावा हो रहा था।

चलते-चलते रास्ते में उन्हें एक स्थान पर तीन आदमी बैठे हुए मिले। पहलवानों ने पूछा, ''भाई, आप लोग कौन हैं और यहाँ क्या कर रहे हैं?''

उनमें से एक आदमी बोला, ''भाई, हम लोग किसी काम के लायक नहीं हैं, इसीलिए अपने-अपने घर से निकाल दिए गए हैं। अब सोच रहे हैं कि इस देश को छोड़कर किसी ऐसे देश में चलकर रहें, जहाँ हमारी इज्जत हो। मेरा नाम अल्प दृष्टि है। मैं खड़ा होकर अपनी दृष्टि दौड़ाता हूँ तो मुझे सारी पृथ्वी ही दिखाई देती है, जबकि मेरे माता-पिता एवं भाई-बहन एक साथ आकाश-पाताल एवं पृथ्वीलोक की सारी चीजें देख लेते हैं। मेरा यह दूसरा साथी अल्प भोजी है। इसके परिवार के लोगों का सौ मन गेहूँ के आटे की रोटी का एक कौर होता है, जबकि यह पाँच मन आटे की रोटी का एक कौर भी नहीं बना पाता। इसके घर के लोग सोचते हैं कि इतना कम खानेवाला भला क्या कर सकता है। और यह तीसरा साथी अल्प डेगी है। यह एक डेग में सिर्फ एक समुद्र लाँघ सकता है, जबकि इसके परिवार के लोग सात समुद्र लाँघ जाते हैं। इसीलिए अल्प दृष्टि, अल्प भोजी और अल्प डेगी होने के कारण हम लोग घर से निकाल बाहर कर दिए गए हैं।''

दोनों पहलवानों ने कहा, ''भले ही आप अपने परिवार के लिए किसी काम के न हों, पर मेरे काम के अवश्य हैं। भाई अल्प दृष्टिजी! आप अपनी दृष्टि से हम दोनों का घर खोज दीजिए। भैया अल्प डेगीजी! आप हम दोनों को अपने-अपने घर पहुँचा दीजिए और अल्प भोजीजी! आप भी हम सबके साथ चलिए। हमारे मेहमान बनकर रहिए। हम आप लोगों को खूब खिलाएँगे-पिलाएँगे।''

उन तीनों ने वैसा ही किया। अपने-अपने घर पहुँचकर पहलवानों की खुशी का ठिकाना न रहा और फिर वे दोनों लग गए अपने मेहमानों को भोजन कराने की तैयारी में। सैकड़ों हलवाइयों को बुलाया गया। हजारों मन चावल पका, दो सौ मन दाल तैयार हुई, पाँच सौ मन खीर बनी और सौ मन तरकारी बनी। पहले अल्पभोजी खाने बैठा। वह बात-की-बात में सारा भात-दाल, तरकारी खाकर खीर सुड़क गया। उसका पेट नहीं भरा तो उसने और भोजन माँगा।

पहलवानों ने हाथ जोड़ दिया, ''महाराज! इस गाँव के सारे घरों में जितना अनाज था, वह सब पका दिया गया। आपके दो साथी अल्प दृष्टि और अल्प डेगी के खाने के लिए भी कुछ नहीं बचा। वे दोनों भूखे बैठे हैं।''

अल्प भोजी बोला, ''खैर, कोई बात नहीं। मैं तुम लोगों को और परेशान करना नहीं चाहता। मुझे अपने गाँव का तालाब ही दिखा दो, ताकि उसका पानी ही पीकर मैं अपना पेट भर सकूँ।''

दोनों पहलवान उसे सात-आठ तालाबों पर ले गए। वह सारे तालाब का पानी एक-दो घूँट में सोख जाता। अब न उस गाँव में अनाज था और न पानी। अत: ऐसी जगह रहकर वे क्या करते। वे तीनों वहाँ से चलते बने।

अब मन्ना और अधमन्ना पहलवान मानो सोते से जगे। वे एक-दूसरे का मुँह देखने लगे। अपनी ताकत और खुराक का उनका सारा घमंड चूर-चूर होने लगा। उनकी आँखें खुल गईं। उन्हें यह शिक्षा मिल गई कि दुनिया में किसी को अपने रूप, जवानी, धन-दौलत, ताकत तथा अन्य किसी भी गुण का घमंड नहीं करना चाहिए। यह पृथ्वी बहुत विशाल है—यहाँ एक से बढ़कर एक हैं।

सही फैसला

—सत्यनारायण तातेला

दन वन में सभी जानवर हिल-मिलकर रहते थे। यहाँ का सदर बाजार आस-पास के सभी जंगलों में प्रसिद्ध था। जानवर दूर-दूर से यहाँ के बाजार में खरीदारी करने आते थे।

इसी बाजार में करमू बकरा मिठाई की दुकान लगाता था। करमू इतनी अच्छी मिठाइयाँ बनाता था कि लोग उँगलियाँ चाटते रह जाएँ। ऊपर से खाद्य सामग्री में भी वही शुद्धता और ताजगी, बस यही कारण था कि जंगल के महाराजा शेर सिंहजी के घर भी करमू की दुकान की मिठाई ही जाती थी। करमू की दुकान के सामने ही लोभू हिरण भी किराने की दुकान लगाता था। लोभू हिरण अपने नाम के अनुरूप ही लोभी था। दिन भर ग्राहकों से लड़ते-झगड़ते पाई-पाई जोड़ता रहता।

आस-पास के दुकानदार कहते थे कि जब से उन्होंने दुकान लगाई है, लोभू हिरण को कभी हँसी-खुशी से बोलते नहीं देखा है। बस, हरदम पैसा और पैसा, पैसों के अलावा दुनिया में उसे शायद कुछ नजर ही नहीं आता था। लोभू के इस लोभी और चिड़चिड़े स्वभाव के कारण कोई भी जानवर उसकी दुकान से कुछ खरीदना पसंद ही नहीं करते थे। शहर जो पास था; वहीं से सारे जानवर महीने भर का इकट्ठा सामान खरीद ले आते थे। हाँ, कभी-कभार कोई भूले-भटके या अटका हुआ ग्राहक लोभू की दुकान से सामान खरीद ले जाता था।

एक दिन की बात थी, लोभू हिरण रोज की तरह अपनी दुकान पर बैठा-बैठा ऊँघ रहा था क्योंकि उसकी दुकान पर एक भी खरीदार नहीं आ रहा था। पर इसके विपरीत करमू बकरे की

दुकान पर ग्राहकों की लाइन लगी हुई थी। लोभू को करमू की दुकानदारी से ईर्ष्या होने लगी थी। दिन भर करमू एक-एक ग्राहक को मिठाई तौलता रहा और थैले में रुपयों का ढेर लगाता रहा।

कौन सा ग्राहक कितनी मिठाई खरीद रहा है और कितनी रकम चुका रहा है यह लोभू हिरण अपनी दुकान में बैठा-बैठा आसानी से देख रहा था। लोभू ने दिन भर की करमू की दुकानदारी का हिसाब गिन लिया।

शाम को जब करमू अपनी दुकान बंद करने लगा तो लोभू को करमू की कमाई पर लालच आ गया। उसने पैसे ठगने की एक तरकीब मन-ही-मन सोची और करमू की दुकान पर जा धमका।

''अरे चोर कहीं के, ला मेरे रुपए लौटा दे।'' लोभू ने तेज स्वर में चिल्लाना शुरू कर दिया।

लोभू की इस हरकत पर करमू तो हक्का-बक्का ही रह गया। उसने शिष्टता से पूछा, ''सेठजी, क्या बात है, आप कौन से रुपयों की बात कर रहे हैं।''

फिर भी लोभू हिरण ने ऊँची आवाज में बोलना जारी रखा, ''अरे उसी रुपयों की बात कर रहा हूँ जो तुमने अभी-अभी मेरे थैले से चुराए हैं।''

जोर-जोर से होती तेज आवाजों से आस-पास के दुकानदार भी आ गए। करमू ने खूब सफाई दी, लेकिन लोभू हिरण मानने को तैयार ही नहीं हुआ। तब तक शाही पुलिस का सिपाही झनकू कुत्ता भी नियमित गश्त पर उधर आ गया।

दोनों ने अपनी-अपनी शिकायतें झनकू से कर दीं। आस-पास के दुकानदार भी असमंजस की स्थिति में थे कि किसकी तरफ बोला जाए। लोभू ने झनकू को बताया, ''सा'ब, मैं पास के एस.टी.डी. बूथ पर अपने मित्र को फोन करने गया तब तक इस करमू बकरे ने मेरे थैले से सारे एक सौ अस्सी रुपए चुरा लिये।''

चूँकि लोभू तो करमू की दिन भर की कमाई का हिसाब रख रहा था, अतः उसने करमू की कमाई की रकम आसानी से बता दिया।

झनकू कुत्ते के कहने पर एक जानवर ने करमू बकरे के थैले की रकम गिंनी। सब-के-सब आश्चर्य में पड़ गए, रकम पूरी एक औ अस्सी ही निकली। अब सबको लोभू हिरण की बात में सच्चाई नजर आई, पर करमू एक बात की रट लगाए हुए था कि वह चोर नहीं है।

आखिर मामला सुलझते न देख इस मामले को जंगल के महाराजा शेर सिंह के पास ले जाने का फैसला किया गया।

दरबार में शेर सिंह ने दोनों पक्षों की बात ध्यान से सुनी और सेवकों से पानी का पात्र मँगाने को कहा। सबको आश्चर्य हुआ कि महाराज पानी का भला क्या करेंगे!

देखते-ही-देखते पानी का पात्र हाजिर हुआ। महाराजा ने एक-एक करके सारे रुपए पानी में डाल दिए और लोभू हिरण को झूठा व दोषी ठहरा दिया गया।

महाराजा ने कहा, ''लोभू हिरण को पकड़कर जेल में डाल दिया जाए, इसने करमू जैसे ईमानदार की कमाई हड़पने का नाटक किया है।''

सबको आश्चर्य हुआ आखिर महाराज को कैसे पता चला कि लोभू झूठा है और यह पैसा करमू बकरे का ही है।

हरियल तोते से रहा नहीं गया और उसने उत्सुकतावश पूछ ही लिया, ''लेकिन महाराज, आपको कैसे मालूम पड़ा कि यह पैसा करमू बकरे का ही है और लोभू ने झूठा मुकदमा लगाया है।''

शेर सिंह बोले, ''बड़ी आसान बात है। करमू मिठाई की दुकान चलाता है। दिन भर उसी हाथ से मिठाई तौलता है और उन्हीं हाथों से पैसे ले-लेकर अपने थैले में डालता रहता है। इससे मिठाई के चिकने हाथों से सिक्कों और नोटों पर भी चिकनाई लगती रही। जब मैंने इन्हें पानी में डाला तो तेल की तरावट पानी पर साफ नजर आ गई। इसी से मालूम हो गया कि पैसा करमू का ही है। यदि और ज्यादा सबूत की जरूरत हो तो गुप्तचर विभाग से झुमरू कुत्ते को बुलाकर नोटों

को सुँघवा लिया जाए या फिर एस.टी.डी. बूथवाले को बुलवा लिया जाए, वे बता देंगे कि लोभू वहाँ फोन करने गया ही नहीं।''

''क्यों भाई लोभू, करें आगे की कार्यवाही?''

''नहीं, हुजूर, मैं अपना गुनाह कबूल करता हूँ। मुझे माफ कर दीजिए।'' सिर झुकाए लोभू ने अपनी गलती स्वीकारी।

सभी जानवरों ने एक साथ शेर सिंह के न्याय की प्रशंसा की। लोभू को महाराजा के सैनिक पकड़कर हवालात के दर्शन कराने ले गए।

जाली नोट का दर्द

—सत्यनारायण भटनागर

दो पहर ढल रही थी और साँझ उतर रही थी। अभी सूरज का हलका-हलका प्रकाश था और पक्षी अपने डेरे की ओर कूच कर रहे थे। दिन भर काम के बाद विश्राम चाहिए था। हरिशंकरजी भी लगभग थक चुके थे। प्रतिदिन उनके साथ ऐसा होता है। वे थक जाते हैं और उनकी इच्छा होती है कि कुछ देर लेट जाएँ। पर दुकान पर लेट तो नहीं सकते, इसलिए वे आँखें बंद कर कुरसी पर ही आराम कर लेते हैं।

हरिशंकरजी शासकीय सेवा में आबकारी विभाग में निरीक्षक के पद पर थे। वहाँ से सेवानिवृत्त हो गए। पेंशन मिलने लगी। भरा-पूरा परिवार, खानेवाले छह—पेंशन से क्या होने वाला था। परिवार की जिम्मेदारियाँ थीं। बच्चे पढ़ रहे थे। रमा और शांति की शादी करनी थी। हरिशंकरजी स्वस्थ थे। खूब उत्साह था मन में, इसलिए सोचा कि खाली बैठने से अच्छा है, कुछ-न-कुछ किया जाए। हरिशंकरजी ने पुस्तकों की दुकान लगा ली। दिन भर दुकान पर निकल जाता और परिवार मजे में चलने लगा।

हरिशंकरजी को विश्वास था कि उनका बड़ा बेटा दीपक दो साल में बी.ए. पास हो जाएगा। तब कहीं-न-कहीं कुछ काम करेगा और उन्हें कुछ सहारा मिलेगा। हरिशंकरजी ईमानदार कर्मचारी रहे। सीधे-सादे, काम से काम रखनेवाले। उनके पास धन तो नहीं था, पर संतोष अवश्य था। वे सदा प्रसन्न रहते थे।

हरिशंकरजी कुछ थके-थके से अनुभव कर रहे थे। वे आँखें बंद कर कुरसी पर विश्राम कर रहे थे, पर दुकान में विश्राम कहाँ? कभी कोई ग्राहक आ जाता और कभी कोई मिलनेवाला।

उन्हें लग रहा था कि दुकान बंद कर निवास पर चले जाना चाहिए।

वे दुकान बंद करने का विचार कर ही रहे थे कि उनका पुराना मित्र ईश्वर आ गया। बोला, "कैसे हो तुम ?"

अपने पुराने मित्र को सामने देख हरिशंकरजी प्रसन्न हो गए। उनकी थकान पता नहीं कहाँ चली गई। वे उठे, मुसकराए और ईश्वर को बाँहों में भर लिया। फिर बोले, "भाई, मजा आ गया। कहाँ थे ? तुम यहाँ कब आए ?"

ईश्वर उनके कार्यालय का सहयोगी था। दोनों वर्षों तक साथ रहे। दोनों मित्रों की खूब जमी। सारा कार्यालय उन्हें राम-लक्ष्मण कहता था। ईश्वर ने कहा, "भाई, मैं तो यहीं का रहनेवाला

हूँ। मालीपुरे में मेरे सगे भाई हैं। उन्हीं के यहाँ एक सामाजिक कार्य है। वहाँ आया हूँ। अभी चार-पाँच दिन तो रुकना पड़ेगा। हम फिर मिलेंगे। अभी तो मैं जल्दी में हूँ।''

हरिशंकरजी बहुत प्रसन्न थे। बोले, ''ऐसा नहीं हो सकता। अब मिले हैं तो साथ बैठकर चाय तो पीएँगे। चलो, पास की दुकान में गरमा-गरम चाय पी लें।'' कहते हुए वे ईश्वर का हाथ खींचते हुए चाय की दुकान पर ले गए।

ईश्वर भी यात्रा की थकान लिये आया था। उसका मन मान गया। उसने कहा, ''भाई, तुमने पुस्तक की दुकान लगाकर अच्छा किया। दिन भर मन लग जाता होगा। मैं भी बच्चों को पढ़ाने का कार्य करता हूँ। सेवानिवृत्ति के बाद भी फुरसत नहीं मिलती।''

चाय पीकर हरिशंकर ने पचास का नोट दुकानवाले को दिया। दुकानदार ने नोट देखा और बोला, ''भाई साहब, यह नोट तो जाली है। कोई आपको धोखा दे गया। यह नहीं चलेगा।''

हरिशंकरजी ने सुना तो धक्क से रह गए। गरीबी में आटा गीला हो गया। सोच में पड़ गए। नोट जेब में रख लिया। दुकानदार से बोले, ''मेरी पुस्तक की दुकान है। वहाँ से पैसे भिजवाता हूँ।''

ईश्वर ने हरिशंकर की पीड़ा को समझा। हरिशंकरजी का चेहरा उतर गया था। वे दुःखी हो गए थे। पचास रुपए उनके लिए अर्थ रखते हैं। कोई उन्हें धोखा दे गया। बार-बार उनका मन पचास के नोट की ओर जाने लगा। वे सोचने लगे, उनकी आँखों से अब कम दिखाई देता है। इसलिए शायद वे धोखा खा गए। अब क्या करें?

ईश्वर हरिशंकर से विदा ले चले गए। हरिशंकर चिंतामग्न बैठ गए अपनी कुरसी पर। सोचने लगे, यदि इसी तरह धोखा खाते रहे तो चल गई दुकान। क्या करें? उनकी बेचैनी बढ़ती जा रही थी। बार-बार मन उस पचास के नोट की ओर जाता। वे बार-बार उस ग्राहक को याद करते जो यह पचास रुपए का नोट दे गया था।

साँझ भी उतर गई। रात का अँधेरा छा गया। उन्होंने बिजली जलाई, भगवान् को याद किया और तभी उनका बड़ा बेटा दीपक अपने मित्र सुलेमान के साथ आ गया। दीपक ने देखा कि पिताजी का चेहरा उतरा है। वे दुःखी दिखाई दे रहे हैं। वह बोला, ''पिताजी, आपका स्वास्थ्य तो ठीक है? आप कुछ परेशान लग रहे हैं।''

हरिशंकरजी ने दीपक को पचास रुपए का वह नोट दिखाते हुए उनके जाली नोट की कहानी कह सुनाई। सुलेमान और दीपक ने नोट देखा। दीपक ने कहा, ''नोट तो जाली है; किंतु आप हमें दे दीजिए, हम चला देंगे। आप चिंता न करें।''

हरिशंकर परेशान हो गए। बोले, ''कहाँ चला दोगे?''

दीपक ने कहा, ''बहुत जगह हैं, जहाँ यह चल सकता है। भीड़ भरी दुकानों पर, सब्जी

की दुकान पर, रेलवे स्टेशन पर—जहाँ सब जल्दी में रहते हैं। किसी को नोट देखने की फुरसत ही नहीं होती। यह नोट चल जाएगा। आप चिंता छोड़ें। हम चला देंगे।'' कहते हुए दीपक नोट जेब में रखने लगा।

हरिशंकरजी अभी तक दुःखी थे। दीपक को नोट जेब में रखते देखा तो क्रोधित हो बोले, ''नहीं, इस नोट को चलाने की आवश्यकता नहीं है। इस नोट को पाकर मैं कितना दुःखी हूँ, मैं ही जानता हूँ। तुम इस नोट को चलाकर किसी अन्य गरीब को दुःखी करोगे। मैं नहीं चाहता कि मेरे कारण कोई और दुःखी हो। जो हो गया सो हो गया। तुम्हें इस नोट के दुःख का अभी एहसास नहीं है।'' उन्होंने दीपक से नोट लेकर फाड़ दिया। फिर बोले, ''यह दुःख भरी कहानी यही समाप्त होती है। याद रखो, हमें किसी को दुःखी करने का कारण नहीं बनना चाहिए।''

दीपक ने देखा कि हरिशंकरजी के चेहरे से दुःख के बादल छँट चुके थे। वे परम संतुष्ट दिख रहे थे। उन्हें देखकर अब लग ही नहीं रहा था कि वे ठगे गए हैं।

लक्ष्मी की चिट्ठी

—सरस्वती बाली

नितिन चौथी कक्षा का छात्र था। अपने माता-पिता के साथ शहर की किसी छोटी सी कॉलोनी में दो कमरे के फ्लैट में रहता था। वह बड़ा कुशाग्र बुद्धि था। क्लास में प्रथम आता था। माता-पिता साधारण परिवार के थे। चाहते थे कि बेटा पढ़-लिखकर बड़ा अफसर बने; पर थोड़ी सी तनख्वाह में भला यह कैसे संभव हो सकता था! आखिर दोनों ने अपने कई जरूरी खर्चे भी कम करके बेटे को किसी पब्लिक स्कूल में दाखिल करवा दिया।

पब्लिक स्कूल में दाखिल होने का विपरीत प्रभाव नितिन पर पड़ा। वह अपनी कक्षा के साथियों और स्कूल के अन्य बच्चों को अंग्रेजी में गिटपिट बात करते देखता और ठगा सा रह जाता। बच्चों को चॉकलेट, आइसक्रीम, बर्गर आदि खाते देखता, पर खर्च करने में खुद को असमर्थ पाता तो मन मसोसकर रह जाता। कई बच्चों के घर के लोग उन्हें गाड़ी में लेने आते और बहुत से बच्चे स्कूल की बस में बैठकर घर जाते, पर उसका घर पास ही था और वह पैदल ही स्कूल आता और पैदल ही घर जाता।

तड़क-भड़क की जिंदगी से वह जल्दी ही परेशान हो गया और पढ़ाई से उसका जी उचाट हो गया। परीक्षा में नंबर भी कम आए। रिपोर्ट कार्ड देखकर पिता ने पूछा, ''क्या बात है, बेटा? तुम पहले स्कूल में प्रथम रहते थे, अब नंबर इतने कम कैसे हो गए?''

''पिताजी, हमारे पास बँगला क्यों नहीं है, गाड़ी क्यों नहीं है?'' नितिन ने पिता के प्रश्न का उत्तर दिए बिना खुद ही प्रश्न कर डाला।

''नितिन, पढ़ाई में मेहनत करोगे तो यह सब भी पा लोगे।'' पिता ने उत्तर दिया।

''हमारे पास पैसे क्यों नहीं हैं ? मैं भी कैंटीन से चॉकलेट, आइसक्रीम, बर्गर लेकर खाना चाहता हूँ और दोस्तों को खिलाना चाहता हूँ।'' नितिन ने कहा।

''नितिन बेटा, मैं तुम्हारे लिए घर की तरह-तरह की चीजें बनाकर टिफिन में देती हूँ। बाहर की चीजें खाकर तुम बीमार भी हो सकते हो।'' माँ ने समझाते हुए कहा।

पर माता-पिता के समझाने का कोई असर नितिन पर नहीं पड़ा। वह और भी गुमसुम रहने लगा।

माता-पिता चिंतित हो गए। बच्चे को समझाना उनके लिए मुश्किल हो गया। आखिर

दोनों ने मिलकर एक तरकीब सोची। दीवाली को पंद्रह-बीस दिन रह गए थे। एक दिन इतवार को दोपहर के खाने के बाद माँ ने कहा, ''नितिन, तुम्हें पता है न, कुछ ही दिन बाद दीवाली है ?''

''हाँ, माँ; पर क्या फायदा, दीवाली पर मैं तो ज्यादा पटाखे ले नहीं सकता। इतने पैसे हमारे पास कहाँ!'' नितिन उदास होकर बोला।

''बेटा, बड़ों का कहना है कि दीवाली की रात को अगर खिड़की खुली रखें तो कभी-कभी लक्ष्मी वहाँ से आ जाती है और छोटे बच्चों के तकिए के नीचे कुछ रख जाती है।'' माँ ने कहा।

''सच माँ! फिर तो मैं भी खिड़की खुली रखूँगा और लक्ष्मी के आने का इंतजार करूँगा।'' नितिन उत्साह में भरकर बोला।

नितिन बेचैनी से दीवाली का इंतजार करने लगा। दीवालीवाले दिन उसने नए कपड़े पहने, मिठाइयाँ खाईं, मोमबत्तियाँ जलाईं, पटाखे जलाए और माता-पिता के साथ लक्ष्मी-पूजा भी की। सुबह से ही वह रात का इंतजार कर रहा था। रात को उसने कमरे की खिड़की खुली रखी। वह थका हुआ था, इसलिए जल्दी ही उसे गहरी नींद आ गई। पूर्व योजना के मुताबिक माता-पिता ने एक चिट्ठी उसके तकिए के नीचे रख दी।

सुबह जब नितिन उठा तो लक्ष्मी के आनेवाली सारी बात उसके मस्तिष्क में घूम गई। उसने झट से तकिया उठाया। रुपयों-पैसों की जगह कागज का एक टुकड़ा पाकर वह निराश हो गया। खोला तो कुछ लिखा देखकर पढ़ने लगा—'प्यारे नितिन! मुझसे तुम्हारी उदासी देखी नहीं जाती। यदि तुम मुझे पाना चाहते हो तो अब से आनेवाली सभी परीक्षाओं में तुम्हें प्रथम श्रेणी में उत्तीर्ण होना पड़ेगा। अगर तुम ऐसा कर लोगे तो तुम्हारे सब साथी पीछे रह जाएँगे और तुम सबसे आगे बढ़ जाओगे। मेरे कहे अनुसार करना और फिर देखना, मैं खुद-ब-खुद तुम्हारे पास चली आऊँगी। मैं उसके पास ही जाती हूँ जो खूब परिश्रम करता है। इस चिट्ठी के बारे में किसी को मत बताना। तुम्हारी प्यारी—लक्ष्मी।'

चिट्ठी पढ़कर नितिन कुछ सोचने लगा। फिर उसने वह चिट्ठी सँभालकर अपनी अलमारी में रख दी। तब से उसके विचारों में बदलाव आ गया। वह पढ़ने में फिर से मन लगाने लगा। वार्षिक परीक्षा में—और आगे भी सभी परीक्षाओं में वह प्रथम आया। परिश्रम करके वह एक बड़ा अफसर बन गया।

लक्ष्मी की उस चिट्ठी को वह जीवन भर नहीं भूला।

मैं कसम खाती हूँ

—सरोजिनी कुलश्रेष्ठ

चारु नाम की एक छोटी सी लड़की मेरे द्वार पर आकर खड़ी हो गई। किसी ने उसे बताया था कि मैं एक कहानी लेखिका हूँ। वह कहने लगी, ''अम्माजी! आप मेरी भी कहानी लिख दीजिए।''

''तेरी कहानी? क्या है तेरी कहानी? बेटी, मैं तो तुझे जानती भी नहीं। फिर कैसे लिखूँगी तेरी कहानी?''

''मैं खुद आपको बताऊँगी। मैं उस तरह लिख नहीं सकती। अपने बारे में सबकुछ बताऊँगी। तब तो लिख देंगी न?''

''हाँ-हाँ, तब क्यों नहीं लिख दूँगी! तुम सुनाओ। मैं कागज-कलम लेकर बैठती हूँ। कुछ बातें नोट कर लूँगी और कल तुम्हें कहानी लिखकर दे दूँगी।''

वह अंदर आकर एक चौकी पर बैठ गई। वह धीरे-धीरे बोल रही थी, इसलिए मैं उसके कहने के साथ ही लिखती जा रही थी। उसने कहा, ''मैं एक ब्राह्मण परिवार की बेटी हूँ। मेरे घर में बड़े सवेरे स्नान आदि करके ही शुद्ध शाकाहारी भोजन किया जाता था। एक दिन शालिनी नाम की मेरी एक सहपाठिन एक पुस्तक लेने मेरे घर पर आई। मुझसे अपने घर चलने का आग्रह करके साथ ही बुला ले गई। उस दिन उसकी माँ ने शालिनी के लिए पकौड़ियाँ बनाई थीं। उन्होंने आग्रह करके मुझे भी वे पकौड़ियाँ खिला दीं। वे बड़ी ही स्वादिष्ट और अनोखी थीं। ऐसी पकौड़ियाँ मेरे घर कभी नहीं बनती थीं। वहाँ से लौटकर मैं अपनी माँ से वैसी ही पकौड़ियाँ बनाने का आग्रह अकसर करती रहती।

''एक दिन मेरी माँ शायद यही बात पूछने शालिनी के घर गई। कहा, 'बहन! तुमने कैसी पकौड़ियाँ खिलाई हैं कि इसे मेरी बनाई पकौड़ी अच्छी ही नहीं लगती?' शालिनी की माँ ने कहा, 'यह जब चाहे तब मेरे घर आ जाया करे। मैं इसे खिलाऊँगी ऐसी पकौड़ियाँ।' बार-बार कहने पर भी उन्होंने वह रहस्य नहीं बताया। वह तो एक बार मैंने उन्हें बनाते हुए देख लिया। छोटी-छोटी मछलियाँ एक टोकरी में रखी थीं। शालिनी की माँ एक-एककर उठाकर बेसन में लपेटकर तल रही थीं। उस समय से वे पकौड़ियाँ मुझे नहीं खानी चाहिए थीं; परंतु स्वाद ऐसा आ गया था कि मैं अपने को नहीं रोक पाई। अब तो शालिनी के परिवार को एक चस्का सा पड़ गया। उन लोगों ने मछली तो क्या, मांस का भी स्वाद लगा दिया। घरवालों को पता चला तो डाँट और फिर मार भी

पड़ी। शालिनी के घर न जाने की हिदायत दी गई। स्वाद के वशीभूत हुई मैं अब छिपकर वहाँ जाने और खाने-पीने लगी। मेरी बहन और छोटा भाई मुझसे घृणा करने लगे। वे मेरे साथ खाना नहीं खाते थे और मेरे गिलास में पानी नहीं पीते थे। रात को साथ सोना भी छोड़ दिया था। मैं अपने पलंग पर अकेली ही सोती; फिर भी मैं मांसाहार नहीं छोड़ सकी।

''एक दिन मैं अपने घर की छत पर अकेली बैठी थी। नीम की पतली टहनी पर दो हरे-हरे तोते आपस में चोंच भिड़ा रहे थे। मैं उनकी यह क्रीड़ा देखकर खुश हो रही थी। इतने में एक बिल्ली, जो अकसर हमारे घर आ जाती थी, वहाँ आकर उनकी ओर देखने लगी। पता नहीं, उसके डर से या यों ही तोते आकाश की ओर उड़े। उनमें से एक तो उड़ गया, परंतु दूसरा बिजली के तारों में फँसकर घायल होकर नीचे गिर पड़ा। मैंने उसे उठाकर देखा और हाथों में लेकर सहलाने लगी। उसको मरणासन्न अवस्था में देखकर मेरी आँखों में आँसू आ गए। उसके घाव को धोने के उद्देश्य से मैं छत से उतरकर आँगन में आई और नल खोलकर उसके घाव को धोने लगी। मेरी दीदी और माँ—दोनों ही बोल पड़ीं, 'अब इस तोते को ले जाकर शालिनी की माँ को देना और कहना कि तुम्हें इसका मांस पकाकर खिला देंगी।'

''उनकी यह बात सुनकर मुझे उलटी सी आने लगी। उस प्यारे से तोते के लिए ऐसी बातें सुनकर मैंने शालिनी के घर कभी न जाने की कसम खाई।''

मैं चारु की कहानी लिखकर उसी के बारे में सोचती हुई बैठी रही। चारु चली गई थी।

करीम

—साबिर हुसैन

सुनील चला जा रहा था। तभी उसकी दृष्टि होटल में काम कर रहे लड़के पर पड़ी। वह ठिठककर रुक गया। पहले तो उसे विश्वास ही नहीं हुआ कि होटल में काम कर रहा लड़का उसके स्कूल में पढ़नेवाला करीम है; लेकिन जब उसने ध्यान से उसे देखा तो विश्वास करना ही पड़ा। करीम को तो वह कभी भूल ही नहीं सकता। पिछले साल वह सड़क के किनारे लगे जामुन के पेड़ पर चढ़कर जामुन तोड़ रहा था। तभी वह पेड़ से गिर पड़ा था। उसके सभी दोस्त उसे घायल देखकर डरकर भाग गए थे। तब करीम ने ही उसे रिक्शे से अस्पताल पहुँचाया था। करीम भी लड़कों के साथ जामुन खाने के लालच में आ गया था। तब उसने डाँट दिया था कि वह उसका गिराया एक भी जामुन न छुए; क्योंकि करीम न उसका दोस्त था और न ही सहपाठी। करीम कक्षा छह में पढ़ता था और वह कक्षा आठ में। वह एक अधिकारी का पुत्र था और करीम एक सब्जीवाले का लेकिन जब करीम ने उसे अस्पताल पहुँचाया था तो उसका गर्व समाप्त हो गया था। यदि करीम उसे अस्पताल न पहुँचाता तो अधिक खून निकलने के कारण उसकी मृत्यु भी हो सकती थी। करीम ने ही उसकी मम्मी को उसके घायल होने की सूचना दी थी।

ठीक होने के बाद उसने कई बार करीम को अपने घर ले जाना चाहा था; लेकिन हर बार करीम कोई-न-कोई बहाना बनाकर टाल जाता। तभी करीम के दोस्त ने उसे बताया था कि करीम की माँ नहीं है, घर के छोटे-मोटे काम करीम स्वयं करता है और खाना उसके अब्बू बनाते हैं।

करीम पढ़ने में भी तेज था और उसके अब्बू की दुकान पर बिक्री भी ठीक होती थी; फिर

वह होटल में नौकरी क्यों कर रहा है—यह बात उसकी समझ में नहीं आ रही थी। इधर काफी दिनों से करीम स्कूल में भी दिखाई नहीं दिया था। शायद वह स्कूल जा ही नहीं रहा था। सुनील की उत्सुकता बढ़ती गई और वह होटल में जाकर एक सीट पर बैठ गया। उसके बैठते ही करीम ने पानी का गिलास लाकर मेज पर रख दिया।

"क्या लाऊँ, साब?" करीम ने पूछा। फिर उसे देखकर ठिठक गया।

"करीम, तुम होटल में कब से नौकरी करने लगे?" सुनील ने पूछा।

"अभी कुछ ही दिनों से।" करीम धीरे से बोला।

"क्यों?" सुनील ने फिर पूछा।

"ऐसे ही। आपके लिए क्या लाऊँ?" करीम ने नीचे देखते हुए धीरे से पूछा।

"तुम्हारे अब्बू ने क्या तुम्हें घर से..."

"मेरे अब्बू तो मर गए।" सुनील की बात काटते हुए करीम बोला।

"क्या बीमार थे?"

"नहीं, पिछले महीने जो दंगा हुआ था, उसी में मेरे अब्बू को मार डाला गया और दुकान भी जला दी गई।" कहते हुए करीम रो पड़ा।

"ओऽह!" सुनील ने गहरी साँस ली।

"किराया बाकी था, इसलिए मकान मालिक ने भी घर से निकाल दिया और सब सामान रख लिया।" सुबकते हुए करीम बोला।

"तुम्हारा और कोई नहीं है, जो तुम यहाँ नौकरी कर रहे हो?" सुनील ने पूछा।

"मामू हैं। उन्हीं ने मेरी नौकरी यहाँ लगवा दी।" करीम ने बताया।

"अबे करीमा! वहाँ खड़ा क्या कर रहा है?" होटल मालिक चिल्लाया।

करीम तेजी से वहाँ से चल दिया। सुनील ने एक क्षण सोचा और उठकर करीम का हाथ पकड़ते हुए बोला, "अब तुम यह नौकरी नहीं करोगे।"

"फिर क्या करूँगा?" करीम ने आश्चर्य से पूछा।

"तुम मेरे साथ रहना और पढ़ना।" सुनील बोला।

"नहीं, मैं तुम्हारे साथ नहीं जाऊँगा। तुम हिंदू हो, मुझे मार डालोगे।" करीम भयभीत स्वर में बोला।

"हिंदू-मुसलमान क्या होता है? तुम भी इनसान, मैं भी इनसान। मैं तुमसे बड़ा हूँ, इसलिए मैं तुम्हारा बड़ा भाई हूँ। एक भाई क्या दूसरे की हत्या करेगा?" सुनील ने समझाते हुए पूछा।

"मेरे अब्बू ने क्या किया था? वह तो किसी से झगड़ा भी नहीं करते थे। फिर उन्हें क्यों मार डाला गया?" करीम बोला।

"हत्यारे सिर्फ हत्यारे होते हैं। वे न हिंदू होते हैं, न मुसलमान।" सुनील ने कहा।

"करीमा, तू वहाँ क्यों खड़ा है?" होटल मालिक फिर चिल्लाया।

"करीम अब तुम्हारे होटल पर नौकरी नहीं करेगा।" सुनील करीम के साथ होटल मालिक के पास जाकर बोला।

"नौकरी नहीं करेगा तो क्या करेगा? इसका बाप कौन सी जायदाद छोड़ गया है, जिसे बेचकर खाएगा!" होटल मालिक बोला।

"यह मेरा छोटा भाई है, मेरे साथ रहकर पढ़ेगा।" सुनील बोला।

''मुझे नौकरों की कमी नहीं है। यह जाना चाहे तो ले जाओ।'' होटल मालिक बोला।

''दंगे-फसाद होते रहेंगे तो नौकरों की कमी नहीं रहेगी।'' होटल से बाहर निकलते हुए सुनील बोला।

''तुम्हारे मम्मी-पापा...''

''वे बहुत खुश होंगे।'' करीम की बात काटते हुए सुनील बोला।

घर पहुँचकर सुनील ने अपनी मम्मी को बता दिया कि यही करीम है, जिसने उसकी जान बचाई थी और यह भी बता दिया कि करीम के अब्बू की मृत्यु हो चुकी है। यह होटल पर काम कर रहा था। अब यह हमारे साथ रहेगा।

''तुम बहुत समझदार हो बेटे! तुमने अपने छोटे भाई की जिंदगी को बरबाद होने से बचा लिया।'' कहते हुए मम्मी ने करीम को सीने से लगा लिया।

करीम ने महसूस किया कि माँ सिर्फ माँ होती है। वह उनसे लिपटकर रो पड़ा।

रंग-बिरंगे पत्र

—हरदर्शन सहगल

डाकिया आया, डाकिया आया। चिट्ठी लाया, चिट्ठी लाया।

डाकिए को देखते ही मोहल्ले के सारे बच्चे डाकिए की ओर लपकते। चिट्ठी कहीं बच्चों के हाथ से गिर न जाए, इसलिए डाकिया काका बच्चों के घर के निकट पहुँचकर ही उन्हें उनकी डाक दे देता। चिट्ठी पाकर बच्चे ऊधम मचाते हुए घर में घुस जाते—डाकिया डाक लाया।

पंकज भी बच्चों के साथ उसी प्रकार शोर मचाता—डाकिया आया, डाकिया आया। चिट्ठी लाया, चिट्ठी लाया। परंतु उसके हाथ एक भी चिट्ठी नहीं आती। इससे वह निराश हो जाता। वह बहुत दु:खी रहने लगा।

पंकज के पिता स्वयं पोस्टमैन थे। सैकड़ों लोगों की चिट्ठियाँ बाँटते थे, परंतु अपने लिए एक चिट्ठी नहीं। पंकज के लिए यही हैरानी की बात थी।

पंकज कक्षा चार का विद्यार्थी था।

पंकज की माँ तीन साल पहले चल बसी थीं। पंकज के पिता श्रीकिशनजी पंकज को बहुत लाड़ करते थे। एक दिन पंकज ने उनसे कहा, ''पापा, आप अपने लिए भी तो चिट्ठी बनाया कीजिए।''

सुनकर श्रीकिशनजी हँसने लगे। फिर पंकज को डाक प्रक्रिया के विषय में विस्तार से समझाया कि डाक कैसे आती है और कैसे बँटती है।

पंकज समझ गया। वह इस छोटे से कस्बे में रहता है। यहीं पर उसके चाचा, मामा, मौसी

वगैरह रहते हैं। तब उसे चिट्ठी कौन लिखे।

सामने एक डॉक्टर साहब रहते थे। उनके यहाँ खूब डाक आती थी। पंकज दूर से ललचाई नजरों से देखता था—छोटे, बड़े, लंबे आकार के लिफाफे। रंग-बिरंगी छपे हुए खत। साथ में कुछ तरह-तरह के सैंपल पैकेट।

यह गरमियों के दिनों की बात है। उस दिन हवा चल रही थी। पंकज ने देखा कि डॉक्टर साहब के लॉन में बहुत से लिफाफे और खत बिखरे पड़े हैं। फाटक पर ताला लगा हुआ है। पंकज झट से जँगला फाँद गया और सारी डाक उठा लाया। पत्रों को देख-देखकर खुश होता रहा, उनसे खेलता रहा। पंकज के पिता श्रीकिशनजी पड़ोस की कॉलोनी में डाक बाँटते थे। जब उनके लौटने का समय हुआ तो पंकज ने सारी चिट्ठियाँ छिपा दीं।

इस प्रकार अब पंकज ऐसे मकानों पर नजर रखने लगा, जिनके घर में कोई नहीं होता। चिट्ठियाँ यों ही बाहर इधर-उधर गिरी होतीं या पत्र-पेटिका में पड़ी होतीं। वह सबकी नजर बचाकर उन्हें उठा लाता। धीरे-धीरे यह उसका एक दिलचस्प खेल बन गया—चिट्ठियों को चुराना, लाना और छिपा देना।

दो बार ऐसा भी हुआ कि श्रीकिशनजी से ज्यादा गरमी सहन नहीं हुई। सिर में ज़ोर-जोर से चक्कर आने लगे। मजबूरी में उन्हें बीच दोपहर ही घर आना पड़ा। पंकज पड़ोस के डॉक्टर साहब को बुला लाया। डॉक्टर ने दवा दी। जब उन्होंने थोड़ी आँखें मूँदीं, तब पंकज ने थैले में से कुछ अच्छी दिखनेवाली चिट्ठियाँ गायब कर दीं और टिकटें उतार लीं।

एक बार पंकज अपने पिता से बोला, ''बड़ा होकर मैं भी हरकारा बनूँगा। दो बार तो मैं साथ की कॉलोनी में कुछ लोगों के घरों में डाक बाँट भी आया था। उस समय आपकी तबीयत खराब थी। डॉक्टर साहब ने आपको सुई लगाई थी। जब आपको नींद आ गई थी, तब कुछ जान-पहचानवालों को खत दे आया था।''

अभी-अभी शाम को श्रीकिशनजी ड्यूटी से लौटे थे। सरताज मियाँ ने उनसे कहा, ''डाकिया काका! लौंडा तुम्हारा है तो होशियार, पर क्यों उससे डाक बँटवाते हो? अभी उसे पढ़ने-लिखने दो।''

कुंती मौसी बोली थीं, ''काका, अभी से छोरे को ट्रेनिंग दे रहे हो। बड़ा होकर यह भी डाकिया बनेगा।''

ऐसी ही और बातें उन्हें सुनने को मिली थीं। उन्होंने किसी को भी जवाब नहीं दिया, पर मन-ही-मन बड़े दुःखी हुए। गुस्सा भी आया।

अब यही बात पंकज से जानकर श्रीकिशनजी को और गुस्सा आ गया। उन्होंने पंकज को दो थप्पड़ जड़ दिए। पंकज ने अपने गाल सहलाए। फिर भी बोला, ''डाक बाँटने में बहुत मजे

आते हैं—चिट्ठी ले लो।''

पंकज की ऐसी हरकतों से श्रीकिशनजी बहुत घबराए। उसे समझाने लगे, ''हरकारे की ड्यूटी बहुत सख्त होती है। चाहे आँधी हो, चाहे तूफान, चाहे चिलचिलाती धूप, चाहे बारिश, डाकिए को समय पर डाक पहुँचानी पड़ती है। घर-घर जाकर आवाज देनी पड़ती है।''

पंकज ने कहा, ''मैं देखता हूँ कि सभी लोग बड़ी बेताबी से आपकी प्रतीक्षा करते हैं।''

श्रीकिशनजी ने फिर समझाया, ''हमारी नहीं, सिर्फ अपनी डाक की प्रतीक्षा करते हैं। अभी तक हमारी नौकरी को बहुत महत्त्व नहीं दिया जाता।''

पंकज ने अपनी ही बात कही, ''इतने बढ़िया लिफाफे भी तो छूने को मिलते हैं।''

श्रीकिशनजी बोले, ''सारे कार्ड अमानत होते हैं। पराई चीज पर कैसी ऐंठ? जिसकी चीज तुम्हारे पास हो, फौरन उसी को पहुँचा देनी चाहिए। तुम बड़े होकर व्यापारी बनना, डॉक्टर या नेता बनना। तब तुम्हारे नाम की बहुत सारी डाक आएगी।''

ये सब बातें पिता और पुत्र में हो रही थीं। तभी वहाँ पर दो व्यक्ति आ खड़े हुए। उनमें से एक को पंकज थोड़ा पहचानता था। वे पोस्ट मास्टर थे। उन्होंने पंकज से कहा, ''तुम जाओ।''

पंकज खेलने चला गया।

पोस्ट मास्टर साहब बोले, ''श्रीकिशनजी, यह अपने इंस्पेक्टर साहब हैं। जिला कार्यालय से आए हैं। आपसे कुछ पूछना चाहते हैं।''

श्रीकिशनजी उन्हें अपने कमरे में ले गए। घर में बस यही एक छोटा सा कमरा था।

कमरे में पहुँचकर इंस्पेक्टर साहब इधर-उधर नज़र डालते रहे। अंत में पंकज की किताबों-कॉपियों को देखने लगे। वहाँ उन्हें आठ-दस पत्र तथा टिकटें मिलीं।

उन्होंने कहा, ''हमें बहुत समय से डाक में गड़बड़ी की शिकायतें मिल रही थीं। अब तुम्हारे विरुद्ध जाँच होगी। तुम कल से ड्यूटी पर मत आना।''

पंकज खेलकर लौटा तो उसे बड़ी मुश्किल से पूरी बात का पता चला।

दोनों ने बेमन से खाना खाया और सो गए, परंतु किसी को भी ठीक से नींद नहीं आई।

दूसरे रोज पंकज पोस्ट मास्टर साहब से मिला। बोला, ''गलती मेरी है। आप मुझे सजा दें।''

पोस्ट मास्टर साहब ने कहा, ''तुम हमारे कर्मचारी नहीं हो। इंस्पेक्टर साहब सजा तो तुम्हारे पिताजी को देंगे।''

पंकज बोला, ''आप मुझे इंस्पेक्टर साहब से मिलवा दें।''

पोस्ट मास्टर ने बताया, ''वह तो रात में अगले दौरे पर चले गए। इतवार को ही उनसे उनके घर मिला जा सकता है।'' उन्होंने पंकज के साथ चलने का वायदा किया।

आज बुधवार था। इतवार तक के दिन पंकज ने बड़ी मुश्किल से परेशानी की हालत में काटे। उसे न तो खाना अच्छा लगता, न खेलना, न पढ़ना।

इतवार के दिन सुबह पोस्ट मास्टर साहब आए। श्रीकिशनजी से कहने लगे, ''आज हम पंकज को सैर कराने ले जा रहे हैं। शाम तक लौट आएँगे।''

श्रीकिशनजी से बेटे की उदासी छिपी नहीं थी। सोचा—चलो, पंकज का मन बहल जाएगा। सो भेज दिया।

इंस्पेक्टर साहब से मिलकर पंकज रोते हुए बोला, ''गलती मेरी है, पिताजी की नहीं। मुझे सजा दीजिए।''

इंस्पेक्टर साहब ने उत्तर दिया, ''हम तुम्हें क्या सजा दे सकते हैं? तुम्हारी शक्ल ही बता रही है। तुम्हें अपने आप बहुत सजा मिल चुकी है। हम जानते हैं कि श्रीकिशनजी अपनी ड्यूटी के बहुत पक्के हैं। उनकी गलती यही है कि वह तुमपर नजर नहीं रख सके। खैर, यह उनके लंबे सेवाकाल में पहली गलती है। इसलिए उन्हें मात्र एक चेतावनी देकर छोड़ दिया जाएगा।''

पोस्ट मास्टर साहब ने इंस्पेक्टर साहब को बताया, ''यह पंकज भी गजब का लड़का है। दयालु है, भावुक है, सोच-विचार करनेवाला है। इसकी तो बस एक ही शिकायत है कि दुनिया भर को चिट्ठियाँ बाँटनेवाले के घर एक भी चिट्ठी क्यों नहीं आती!''

इंस्पेक्टर साहब ने कहा, ''हम इसका प्रबंध कर देंगे। जब हम किसी को खत लिखते हैं तब वह भी हमें खत लिखता है।''

नाश्ता कराने के बाद वे उन दोनों को छोड़ने नुक्कड़ तक गए। बुक स्टॉल से पंकज को दो बाल पत्रिकाएँ दिलवाईं। 'वर्ग पहेली', 'पत्र-मित्रता', 'अधूरा चित्र पूरा करो', 'कहानी का शीर्षक बताएँ' आदि-आदि के बारे में समझाया।

इतने में बस आ गई। पंकज खुशी-खुशी घर लौटा।

कुछ ही दिनों में श्रीकिशनजी उसी प्रकार डाक बाँटने जाने लगे।

पंकज मन लगाकर पढ़ता। जेब-खर्च से कुछ पैसे बचाता। कुछ पत्रिकाओं का वार्षिक ग्राहक बन गया। पत्र-मित्रों की भी चिट्ठियाँ आने लगीं।

एक कहानी प्रतियोगिता में पंकज की लिखी कहानी प्रथम आई। उसे सौ रुपए का पुरस्कार मिला। साथ ही कुछ पुस्तकें भी। आगे चलकर उसकी कुछ कविताएँ भी छपीं। उसके पास पाठकों के प्रशंसा-पत्र भी आने लगे। ये सारे पत्र उसे रंगीन और रस भरे लगते।

ऐसा भी होता कि उसकी कुछ कहानियाँ, कविताएँ नहीं छपतीं। लौट आतीं। पंकज उनमें सुधार करता। बार-बार भेजता। तब छप जातीं। पंकज इस लेखन-यात्रा को जारी रखे रहा। समाचार-पत्रों तथा नई-से-नई पत्रिकाओं में उसके चित्र भी प्रकाशित हुए; परंतु अपनी पढ़ाई में उसने किसी प्रकार की ढील आने नहीं दी।

बड़ा होने पर वह कॉलेज में प्रोफेसर के रूप में नियुक्त हुआ। साथ ही देश भर में पंकज कुमार के नाम से एक बड़े लेखक के रूप में पहचाना जाने लगा।

प्रायः हर रोज ही उसके घर पर डाकिए की पदचाप सुनाई देती। फिर एक मीठी लगनेवाली आवाज—पोस्टमैन। चिट्ठी ले लीजिए।

सुबह का भूला

—हरीश कुमार 'अमित'

स्कूल बस से उतरकर घर की ओर कदम बढ़ाते हुए सौरभ बड़ा उत्साहित था। आज उसके हाथों ढेरों रुपए कमाने का नुस्खा जो लग गया था। उसके सहपाठी अरुण ने पैसे कमाने का जो बढ़िया तरीका उसे बताया था, उसे अमल में लाने के लिए वह बहुत बेचैन था। अरुण ने उसे बताया था कि उसके बड़े भैया ने पिछले एक महीने में चार हजार रुपए कमाए हैं। ये रुपए उन्होंने लॉटरी में जीते थे। अरुण का कहना था कि वे हर रोज ढेर सारे लॉटरी टिकट खरीदते हैं और लगभग हर रोज उनके सैकड़ों रुपयों के इनाम निकलते हैं। यह सब सुनते ही सौरभ का मन बल्लियों उछलने लगा था।

पैसों की कमी तो उसे अकसर महसूस होती थी। खासतौर पर नए कपड़े और बूट लेने के लिए तो उसके मम्मी-पापा उसे कई-कई महीने इंतजार करवाया करते थे। स्कूल में अपने साथ पढ़नेवाले कई लड़कों के मुकाबले अपना जेब-खर्च भी उसे बहुत कम लगा करता था। अपने कई सहपाठियों के शानदार ढंग से सजे हुए बड़े-बड़े घर देखकर वह अकसर सोचा करता कि काश, उसका घर भी ऐसा ही होता! उसका घर सिर्फ दो कमरों का साधारण सा घर था और वह भी किराए का। उसके मम्मी-पापा घर का खर्च भी बहुत सोच-समझकर चलाया करते थे। बस, उसकी व उसकी दीदी की पढ़ाई के लिए वे कभी रुपए-पैसे की कमी महसूस नहीं होने देते थे। अपने पापा के मुँह से उसने कई बार सुना था कि अपने दोनों बच्चों को पढ़ा-लिखाकर किसी लायक बनाना उनका सबसे बड़ा सपना है।

घर पहुँचकर उसने जल्दी-जल्दी खाना खाया। जब तक मम्मी उससे पूछने आईं कि कुछ

और तो नहीं चाहिए, वह खाना खत्म कर हाथ धोने जा रहा था। अढ़ाई बजने वाले थे और वह जल्दी-से-जल्दी लॉटरी स्टॉल पर जाकर लॉटरी के टिकट खरीदना चाहता था।

मम्मी की नजर बचाकर सौरभ ने अपनी गुल्लक में पड़े रुपयों में से बीस रुपए निकाल लिये। ये रुपए वह किसी को बताए बिना अपने जेब-खर्च में से बचाकर धीरे-धीरे जोड़ रहा था, ताकि आनेवाली दीवाली पर अपने लिए अच्छे-से-अच्छे बूट ले सकें। 'एक जोड़ा बूट तो क्या, पूरी-की-पूरी दुकान ले लूँगा बूटों की। एक बार पैसे तो कमा लूँ।' गुल्लक को जल्दी-जल्दी बंद करते हुए उसने सोचा। रुपए बड़ी सावधानी से अपनी निकर की जेब में रखकर वह अपने किसी दोस्त के घर जाने की बात अपनी मम्मी से कहकर घर से निकल पड़ा।

थोड़ी देर बाद ही वह अपने घर की कॉलोनी से दूर लॉटरी बाजार के अंदर था। वहाँ काफी भीड़ थी। वह दो-तीन मिनट खड़ा रहने के बाद झिझकता हुआ सा उस स्टॉल की ओर चल पड़ा, जहाँ भीड़ कम थी। वहाँ थोड़ी देर तो वह कुछ कह ही नहीं पाया, फिर किसी तरह हिम्मत करके उसने हरियाणा लॉटरी की दो-दो रुपए वाली दस टिकटें खरीद लीं, जिनका आखिरी अंक 5 था।

कुछ देर बाद सौरभ जब घर पहुँचा तो उसके दिमाग में बस 5 नंबर ही घूम रहा था। उसका मन कहीं नहीं लग रहा था। स्कूल से मिला काम भी उसने बड़ी मुश्किल से खत्म किया। उसे तो बस अगले दिन निकलनेवाले हरियाणा लॉटरी के परिणाम का इंतजार था।

अगले दिन स्कूल में भी उसका वक्त बहुत मुश्किल से बीता। क्लास में पढ़ाया गया उसे जरा भी समझ नहीं आया।

घर वापस आने तक उसकी बेचैनी और भी बढ़ गई थी। उसने जल्दी-जल्दी खाना निगला। फिर मम्मी की नजर बचाकर अपनी गुल्लक से बीस रुपए निकालने लगा। पर रुपए निकालते वक्त उसका दिल मचल गया और वह चालीस रुपए निकाल बैठा। उसके बाद कोई बहाना बनाकर वह घर से निकल पड़ा।

करीब पंद्रह मिनट बाद वह लॉटरी बाजार में था और बड़ी उत्सुकता से उस बोर्ड को पढ़ रहा था, जिसपर वे आखिरी अंक लिखे जाते थे, जिनपर इनाम निकले होते थे। बोर्ड पढ़ना शुरू करते ही वह उछल पड़ा, क्योंकि हरियाणा के आगे 5 लिखा हुआ था। उसने दो-तीन बार उसे पढ़ा। उसे यकीन ही नहीं हो रहा था कि उसका इनाम निकल आया है।

अब सौरभ ने हरियाणा लॉटरी की दो-दो रुपए वाली बीस टिकटें और खरीद लीं। आज उसने जो टिकटें खरीदी थीं, उनका आखिरी नंबर 2 था।

मगर अगला दिन उसके लिए खुशी की खबर नहीं लाया। उस दिन हरियाणा लॉटरी का 0 नंबर निकला था। हाँ, सौरभ को लॉटरीवाले ने एक सौ अस्सी रुपए जरूर दे दिए थे और यह

कहा कि जितने ज्यादा पैसे लगाओगे उतना ज्यादा इनाम मिलेगा। अब तो उसने उन सारे रुपयों से ही 3 नंबरवाली टिकटें खरीद लीं।

पर अगला दिन उसके लिए फिर घोर निराशा ही लाया। उस दिन 6 नंबर निकला था। अब उसे बहुत पछतावा हो रहा था कि उसने इनाम में मिले सारे-के-सारे एक सौ अस्सी रुपयों की ही टिकटें क्यों खरीद लीं, कम रुपयों की क्यों नहीं खरीदीं? निराश होकर उसने गुल्लक से फिर पचास रुपए निकालकर उनको भी दाँव पर लगा दिया।

लेकिन अगले दिन तो क्या, अगले पाँच दिनों तक सौरभ का कोई इनाम नहीं निकला। वह 0 नंबर खरीदता तो 5 नंबर निकल आता, 8 नंबर पर किस्मत आजमाता तो 4 नंबर आ जाता,

6 नंबर लगाता तो 1 नंबर निकला होता।

इस चक्कर में उसके सारे पैसे खत्म हो गए। यहाँ तक कि और टिकटें खरीदने के लिए उसके पास दस रुपए भी नहीं बचे। मजबूरन टिकटें खरीदे बगैर ही उसे घर लौटना पड़ा।

मगर अब चस्का लग जाने के बाद लॉटरी के टिकट खरीदे बगैर रह पाना सौरभ के लिए संभव नहीं था। घर आकर भी उसका दिमाग लगातार इसी बात में उलझा रहा कि टिकटों के लिए पैसों का जुगाड़ किस तरह किया जाए?

लेकिन घर से पैसे उड़ाना आसान नहीं था। उसके मम्मी-पापा के पास गिने-चुने रुपए ही होते थे और वे उन्हें अच्छी तरह गिनकर पूरी सावधानी से रखते थे। पर रुपए तो उसे हर हालत में चाहिए ही थे। इसलिए रुपए चुराने के लिए वह लगातार मौके की तलाश में रहा।

आखिर शाम को उसे मौका मिल ही गया, जब मम्मी पड़ोस में गई थीं। दीदी तब दूसरे कमरे में पढ़ रही थी। सौरभ ने अलमारी में रखा मम्मी का पर्स खोज निकाला। वह उस पर्स से चालीस-पचास रुपए ही निकालना चाहता था, मगर उसके हाथ नोटों तक पहुँचे ही थे कि किसी ने बाहर से दरवाजा खटखटाया। वह घबरा गया कि कहीं मम्मी न आ गई हों। इसलिए जितने नोट उसके हाथ आए, सब उसने अपनी निकर की जेब में ठूस लिये और बाकी नोट पर्स में छोड़कर जल्दी से अलमारी बंद कर दी।

थोड़ी देर बाद उसने बाथरूम में जाकर वे नोट गिने तो पाया कि वे तीन सौ रुपए हैं। उसके बाद वह टिकटें खरीदने के लिए घर से निकल पड़ा।

आज उसने सौ रुपए की टिकटें खरीदीं; किंतु उन टिकटों पर अगले दिन कोई इनाम नहीं निकला। बाकी बचे दो सौ रुपयों से अगले चार दिनों में खरीदी गई टिकटों पर भी कोई इनाम नहीं आया।

सौरभ की स्थिति बहुत विकट बन गई थी। कहाँ तो उसने यह सोच रखा था कि लॉटरी में उसे इनाम निकलते रहेंगे और वह उनमें से तीन सौ रुपए मम्मी के पर्स में वापस रखकर गुल्लक में एक सौ तीस रुपए डाल देगा, पर हालत यह हो गई थी कि टिकट खरीदने तक के पैसे उसके पास नहीं बचे थे। मजबूर होकर उसे एक बार फिर टिकटें खरीदे बिना ही घर लौटना पड़ा।

घर आते हुए उसका दिमाग बस इसी उधेड़बुन में था कि किसी तरह कुछ रुपयों का प्रबंध हो, ताकि लॉटरी की टिकटें खरीदी जा सकें। ले-देकर उसके दिमाग में मम्मी का पर्स ही घूम रहा था, जिसमें से तीन सौ रुपए निकालने के बाद भी कुछ रुपए और थे।

यही सब सोचता जब वह घर पहुँचा तो दरवाजे को खुला ही पाया। अंदर पहुँचा तो वहाँ का दृश्य देखकर चौंक पड़ा।

उसकी मम्मी बदहवासी में घर का सारा सामान उलट-पुलटकर कुछ ढूँढ़ रही थीं। दीदी

भी इसी काम में लगी हुई थी। परेशान से उसके पापा बरामदे में इधर से उधर घूमते हुए कुछ बड़बड़ा रहे थे। एकाएक तो उसकी समझ में कुछ नहीं आया, लेकिन दूसरे ही पल उसे लगा कि हो न हो, ये लोग उन रुपयों के लिए ही परेशान हो रहे होंगे, जो उसने कुछ दिन पहले चुराए थे। कुछ देर तो वह यों ही चुपचाप-सा खड़ा रहा, पर जब उसने दीदी की आँखों से आँसू बहते देखे तो चुप न रह सका और मम्मी से पूछ बैठा, ''क्या हुआ है, मम्मी ?''

मम्मी तो जैसे जवाब देने के लिए तैयार बैठी थीं, ''पर्स में साढ़े तीन सौ रुपए रखे थे मैंने मीनू की परीक्षा फीस के लिए। अब सिर्फ पचास रुपए पड़े हैं। बाकी तीन सौ पता नहीं कहाँ चले गए। आज आखिरी दिन है फॉर्म जमा करवाने का।'''

सुनते ही सौरभ के पैरों तले से जमीन खिसक गई। मम्मी का बोलना जारी था, ''अगर आज फीस न भरी तो इस बेचारी का तो एक साल खराब हो जाएगा। पता नहीं रुपए गए कहाँ!'' तभी अचानक उन्हें न जाने क्या सूझा कि वे सौरभ से पूछ बैठीं, ''सौरभ, तुमने तो नहीं लिये न वे रुपए ?''

''नहीं तो।'' जवाब तो यही दिया सौरभ ने, लेकिन यह कहते हुए न तो वह मम्मी की तरफ देख पाया और न ही अपनी आवाज के कंपन को दबा पाया।

इससे मम्मी का शक गहरा होने लगा। उन्होंने उससे फिर पूछा, ''सच-सच बता दे सौरभ, हम सब सुबह से बहुत परेशान हैं। बता, जल्दी बता।''

सौरभ जवाब देने की स्थिति में नहीं था। बस, उसकी आँखों से आँसू बहने लगे। यह देख उसकी मम्मी समझ गईं कि रुपए उसने ही लिये हैं। उन्होंने आवाज देकर उसके पापा को भी बुला लिया।

फिर न जाने क्या हुआ कि सौरभ ने सबकुछ सच-सच बता दिया। सुनकर उसके पापा, मम्मी और दीदी सब-के-सब सन्न से रह गए।

सबकुछ सुनकर उसे एक जोरदार तमाचा जड़ते हुए पापा ने कहा, ''बेवकूफ! तुझे शर्म नहीं आती ऐसे काम करते हुए? लॉटरी से भी कोई अमीर हुआ है आज तक? इस चक्कर में सब कंगाल ही हो जाते हैं। अगर लॉटरी से ही अमीर बना जा सकता तो सभी लोग अपना काम-धंधा छोड़कर लॉटरी के टिकट ही न खरीदते रहते। अब कहाँ से देंगे मीनू की फीस? कॉलेज बंद होने में सिर्फ दो घंटे रह गए हैं। उसका तो साल बरबाद हो जाएगा न!''

तभी रुआँसी आवाज में दीदी बोली, ''सौरभ को मत मारिए पापा, यह मेरी घड़ी बेच दीजिए। अभी पिछले महीने ही तो आपने मुझे खरीदकर दी थी। इसके तीन सौ रुपए तो मिल ही जाएँगे।'' कहते-कहते दीदी ने घड़ी उतारकर पापा की तरफ बढ़ा दी।

''आज तक कभी किसी से उधार नहीं माँगा था, पर आज माँगना पड़ेगा।'' पापा मम्मी से

कह रहे थे, ''अगर उधार मिल गया तो ठीक, नहीं तो यह घड़ी बेच देने के अलावा और कोई चारा नहीं।'' कहते हुए पापा ने दीदी के हाथ से घड़ी ले ली। सौरभ ने देखा कि घड़ी लेते वक्त पापा के हाथ काँप रहे थे और उनकी आँखों में आँसू झिलमिला रहे थे।

आँसू सौरभ की आँखों में भी छलक आए थे, पर ये पछतावे के आँसू थे। मन-ही-मन उसने निश्चय कर लिया था कि अब वह लॉटरी के चक्कर में कभी नहीं पड़ेगा।

अपने आपको अब वह काफी हलका महसूस कर रहा था, मानो उसके मन पर से ढेरों वजन उतर गया हो।

टावर की घड़ी

—हूंदराज बलवाणी

शहर के बीच में एक टावर था। टावर में एक बड़ी घड़ी लगी हुई थी। घड़ी बहुत पुरानी थी, मगर समय सही देती थी। शहर के लोग उस घड़ी से अपनी घड़ियों का समय मिलाते। घड़ी में देखकर वे अपने काम-धंधों पर जाते। शहर की दुकानें भी उस घड़ी के मुताबिक खुलतीं और बंद होतीं।

अपनी ऐसी शान देखकर टावर की घड़ी को धीरे-धीरे अभिमान होने लगा। घड़ी को लगा कि यह शहर उसके ही कारण चलता है; अगर वह रुक जाए तो शहर भी रुक जाएगा।

घड़ी के मन में उत्पन्न अभिमान धीरे-धीरे विश्वास में बदलने लगा। उसने सोचा कि अब सबको बता ही दूँ कि उसके बगैर दुनिया चल ही नहीं सकती।

और उसी क्षण घड़ी ने चलना बंद कर दिया। घड़ी के काँटे एक ही जगह पर अटक गए। हर आधे घंटे के बाद बजनेवाले अलार्म की आवाज भी बंद हो गई।

लोगों का ध्यान गया। घड़ी को बंद देखकर लोग आपस में चर्चा करने लगे।

एक बोला, ''कमाल है! इतने सालों से नियमित चलनेवाली घड़ी अचानक कैसे बंद हो गई?''

दूसरा बोला, ''यह तो कभी बंद होती ही नहीं। आज अचानक इसे क्या हो गया?''

तीसरा बोला, ''शायद इसकी मशीन अब पुरानी हो गई है। वैसे पुराने जमाने की वस्तुएँ तो मजबूत और टिकाऊ होती हैं।''

चौथा बोला, ''भाई, इन मशीनों का क्या भरोसा? आखिर कभी तो बिगड़ेंगी ही।''

इस तरह घड़ी के बारे में लोगों की बातें होती रहीं। इसके बावजूद घड़ी बंद हो जाने का कोई असर लोगों के सामान्य जीवन पर नहीं हुआ। शहर पहले की तरह चलता रहा। लोग रोज की तरह काम-धंधों पर जाते रहे, बच्चे स्कूल जाते रहे, बसें चलती रहीं, टावर के आस-पास की दुकानें भी हमेशा की तरह खुलती और बंद होती रहीं।

यह सब देखकर घड़ी को आश्चर्य हुआ। उसे तो ऐसा लगता था कि वह चलना बंद कर देगी तो समय भी रुक जाएगा और समय रुक जाएगा तो शहर का कार्य भी ठप हो जाएगा; लेकिन ऐसा तो हुआ ही नहीं।

अब घड़ी को अपनी मूर्खता समझ में आ गई। उसे लगा कि बेकार में ही उसने शहर के

लोगों को परेशानी में डाल दिया है।

लोगों ने घड़ी की मरम्मत करनेवाले कारीगर को बुलाया। वह एक ऊँची सीढ़ी लेकर घड़ी को दुरुस्त करने के लिए ऊपर चढ़ा; लेकिन वह अपना काम शुरू करता, उसके पहले ही घड़ी ने अपने आप चलना शुरू कर दिया।

कारीगर आश्चर्यचकित हो कुछ क्षण तो घड़ी को देखता रहा। बाद में घड़ी के दोनों काँटों को हाथ से घुमाकर उसने समय ठीक किया और नीचे उतर आया।

उसके बाद टावर की घड़ी पहले की ही तरह चलती रही।

मैं बरतन माँजूँगा

—हेमराज भट्ट 'बालसखा'

बचपन में कोर्स से बाहर की कोई पुस्तक पढ़ने की आदत नहीं थी। ऐसी कोई पत्र-पत्रिका या किताब पढ़ने को मिल भी नहीं पाती थी। गुरुजी के डर से पाठ्यक्रम की कविताएँ मैं रट लिया करता था। कभी अन्य कुछ पढ़ने की इच्छा हुई तो अपने से बड़ी क्लास के बच्चों की पुस्तकें पलट लिया करता था। पिताजी महीने में एक-दो पत्रिका या किताब अवश्य खरीद लाते थे; किंतु वह उनके ही स्तर की हुआ करती थी, जिसे पलटने की हमें मनाही हुआ करती थी। अपने बचपन में तीव्र इच्छा होते हुए भी कोई बाल पत्रिका या बच्चों की किताब पढ़ने का सौभाग्य मुझे नहीं मिला।

आठवीं तक के इम्तहान घर के बिलकुल पास की प्राइमरी और जूनियर शाला से पास किए। उस उम्र तक कोई बड़ा शहर देखने का अवसर भी नहीं मिला। खेल-कूद प्रतियोगिताओं में भाग लेनेवाले बच्चे अवश्य विकास खंड मुख्यालय अथवा जिला मुख्यालय और कभी-कभी मंडल तक घूम आते थे। किंतु मैं खेलों में तो एकदम फिसड्डी था। मेरी रुचि पढ़ने में खेल की अपेक्षा अधिक थी। कोर्स की किताबों के अलावा भी कुछ पढ़ने की बहुत ही इच्छा हुआ करती थी। कई बार थैलियों के रूप में आए अखबारों की कतरनों को भी पढ़ा करता था। कहीं इधर-उधर कूड़े में भी कोई पुरानी किताब, अखबार या अन्य छपा कागज दीख पड़ता तो उसे बगैर पढ़े नहीं छोड़ता था।

आठवीं पास करके जब नौवीं कक्षा में भरती होने के लिए मुझे गाँव से दूर एक छोटे शहर भेजने का निश्चय किया गया तो मेरी खुशी का पारावार न रहा। नई जगह, नए लोग, नए साथी,

नया वातावरण, घर के अनुशासन से मुक्त, अपने ऊपर एक जिम्मेदारी का एहसास, स्वयं खाना बनाना, खाना, अपने बहुत से काम खुद करने की शुरुआत—इन बातों का चिंतन भीतर-ही-भीतर आह्लादित कर देता था। माँ, दादी और पड़ोस के बड़ों की बहुत सी नसीहतों और हिदायतों के बाद मैं पहली बार शहर पढ़ने गया। मेरे साथ गाँव के दो साथी और थे। हम तीनों ने एक साथ कमरा लिया और साथ-साथ रहने लगे।

हमारे ठीक सामने तीन अध्यापक रहते थे—पुरोहितजी, जो हमें हिंदी पढ़ाते थे; लाल दाँतोंवाले खान साहब, जो हर वक्त पान चबाया करते थे (उनका पान बनाने का मसाला एक छोटे से झोले में सदैव साथ-साथ रहता था। उनके लिए हमने एक जुमला रच डाला था, 'अमीर खान की यही पहचान, हाथ में झोला मुँह में पान।' खान साहब बहुत विद्वान् और संवेदनशील अध्यापक थे। यों वह भूगोल के अध्यापक थे, किंतु संस्कृत छोड़कर वे हमें सारे विषय पढ़ाया करते थे और विशेष अवसरों पर नाटक, गीत, नृत्य आदि की तैयारी भी करवाया करते थे।) और तीसरे अध्यापक विश्वकर्माजी थे, जो हमें जीव-विज्ञान पढ़ाया करते थे।

गाँव से गए हम तीनों विद्यार्थियों में उन तीनों अध्यापकों के बारे में पहली चर्चा यह रही कि वे तीनों साथ-साथ कैसे रहते और बनाते-खाते हैं। पुरोहित तो ब्राह्मण होते हैं, विश्वकर्मा पिछड़ी जाति और खान साहब तो मुसलमान हैं। लेकिन धीरे-धीरे जब हमें शहर की आदत पड़ गई और यह ज्ञान हो गया कि शहर में गाँवों जैसा ऊँच-नीच, जात-पाँत का भेदभाव नहीं होता, तब उन्हीं अध्यापकों के बारे में एक दूसरी चर्चा हमारे बीच होने लगी।

होता यह था कि विश्वकर्मा सर रोज सुबह-शाम बरतन माँजते हुए दिखाई देते। खान साहब या पुरोहितजी को हमने कभी बरतन धोते नहीं देखा। विश्वकर्माजी उम्र में सबसे छोटे थे। हमने सोचा कि शायद इसीलिए उनसे बरतन धुलवाए जाते हैं और स्वयं दोनों गुरुजी खाना बनाते हैं; लेकिन वे बरतन माँजने के लिए तैयार होते क्यों हैं? हम तीनों में तो बरतन माँजने के लिए रोज ही लड़ाई हुआ करती थी। मुश्किल से ही कोई बरतन धोने के लिए राजी होता।

विश्वकर्मा सर को एक और शौक था—पढ़ने का। मैं उन्हें जब भी देखता, पढ़ते हुए देखता। गजब के पढ़ाकू थे वे। एकदम किताबी कीड़ा। रसोई में खाना बना रहे हैं तो एक हाथ में पुस्तक है और दूसरे से स्टोव में पंप दे रहे हैं। धूप सेंक रहे हैं तो हाथों में किताब खुली है। टहल रहे हैं तो पढ़ रहे हैं। स्कूल में भी खाली पीरियड में उनकी मेज पर कोई-न-कोई पुस्तक खुली रहती। विश्वकर्मा सर को ढूँढ़ना हो तो सबको पता होता था कि वे पुस्तकालय में मिलेंगे। वे तो खाते समय भी पढ़ते थे। एक कौर मुँह में डाल रहे हैं और बाएँ हाथ से किताब पलट रहे हैं।

उन्हें पढ़ते देखकर मैं बहुत ललचाया करता था। उनके कमरे में जाने और उनसे पुस्तकें माँगने का साहस नहीं होता था कि कहीं घुड़क न दें कि कोर्स की किताबें पढ़ा करो। बस, उन्हें

पढ़ते देखकर, उनके हाथों में रोज नई-नई पुस्तकें देखकर मैं ललचाकर रह जाता था। कभी-कभी मन करता कि जब बड़ा होऊँगा तो गुरुजी की तरह ढेर सारी किताबें खरीद लाऊँगा और ठाट से पढ़ूँगा। तब कोर्स की किताबें पढ़ने का झंझट नहीं होगा।

एक दिन धुले बरतन भीतर ले जाने के बहाने मैं उनके कमरे में चला गया। देखा तो पूरा कमरा पुस्तकों से भरा था। उनके कमरे में अलमारी नहीं थी, इसलिए उन्होंने जमीन पर ही पुस्तकों की ढेरियाँ बना रखी थीं। कुछ चारपाई पर, कुछ तकिया के पास और कुछ मेज पर करीने से रखी हुई थीं। मैंने बरतन एक ओर रखे और स्वयं उस पुस्तक-प्रदर्शनी में खो गया। मुझे गुरुजी का ध्यान ही नहीं रहा, जो मेरे साथ ही खड़े मुझे देखकर मंद-मंद मुसकरा रहे थे।

मैंने एक पुस्तक उठाई और इत्मीनान से उसका एक-एक पृष्ठ पलटने लगा।

गुरुजी ने पूछा, ''पढ़ोगे?''

मेरा ध्यान टूटा। ''जी पढ़ूँगा।'' मैंने कहा।

उन्होंने तत्काल छाँटकर एक पतली पुस्तक मुझे दी और कहा, ''इसे पढ़कर लौटा देना और दूसरी ले जाते रहना।''

मेरे हाथ जैसे कोई बहुत बड़ा खजाना लग गया हो। वह पुस्तक मैंने एक ही रात में पढ़ डाली। उसके बाद गुरुजी से लेकर पुस्तकें पढ़ने का मेरा क्रम चल पड़ा।

मेरे साथी मुझे चिढ़ाया करते थे कि मैं इधर-उधर की पुस्तकों में समय बरबाद करता हूँ; किंतु वे मुझे पढ़ते रहने के लिए प्रोत्साहित किया करते थे। वे कहते, ''जब कोर्स की पुस्तक पढ़ते-पढ़ते ऊब जाओ तब झट कोई बाहरी रुचिकर पुस्तक पढ़ा करो। विषय बदलने से दिमाग में ताजगी आ जाती है।''

इस प्रयोग से पढ़ने में मेरी भी रुचि बढ़ गई और विषय भी याद रहने लगे। वे स्वयं मुझे ढूँढ़-ढूँढ़कर किताबें देते। पुस्तक के बारे में बता देते कि अमुक पुस्तक में क्या-क्या पठनीय है। इससे पुस्तक को पढ़ने की रुचि और बढ़ जाती थी। कई पत्रिकाएँ उन्होंने लगवा रखी थीं, उनमें बाल पत्रिकाएँ भी थीं। उनके साथ रहकर बारहवीं कक्षा तक मैंने खूब स्वाध्याय किया।

धीरे-धीरे हम मित्र हो गए थे। अब मैं निस्संकोच उनके कमरे में जाता और जिस पुस्तक की इच्छा होती, लाकर पढ़ता और फिर लौटा देता।

उनका वह बरतन धोने का क्रम ज्यों-का-त्यों बना रहा। अब उनके साथ मेरा संकोच बिलकुल दूर हो गया था। एक दिन मैंने उनसे पूछा, ''सर! आप केवल बरतन ही क्यों धोते हैं? खाना क्यों नहीं बनाते? दोनों गुरुजी खाना बनाते हैं और आपसे बरतन धुलवाते हैं। यह भेदभाव क्यों?''

वे थोड़ा मुसकराए और बोले, ''कारण जानना चाहोगे?''

मैंने कहा, ''जी।''

उन्होंने मुझसे पूछा, ''भोजन बनाने में कितना समय लगता है?''

मैंने कहा, ''करीब दो घंटे।''

''और बरतन धोने में?''

मैंने कहा, ''यही, कोई दस मिनट।''

''बस, यही कारण है।'' उन्होंने कहा और मुसकराने लगे। मेरी समझ में नहीं आया तो उन्होंने विस्तार से समझाया, ''देखो! कोई काम छोटा या बड़ा नहीं होता। मैं बरतन इसलिए धोता हूँ, क्योंकि खाना बनाने में पूरे दो घंटे लगते हैं और बरतन धोने में सिर्फ दस मिनट। ये लोग रसोई

में दो घंटे काम करते हैं, स्टोव का शोर सुनते हैं और धुआँ अलग से सूँघते हैं। मैं दस मिनट में सारा काम निबटा देता हूँ और एक घंटा पचास मिनट की बचत करता हूँ और इतनी देर पढ़ता हूँ। जब-जब हम तीनों में काम का बँटवारा हुआ तो मैंने ही कहा कि मैं बरतन माँजूँगा। वे भी खुश और मैं भी खुश।''

उनका समय बचाने का यह तर्क मेरे दिल को छू गया। उस दिन के बाद मैंने भी अपने साथियों से कहा कि मैं दोनों समय बरतन धोया करूँगा। वे खाना पकाया करें। वे तो खुश हो गए और मुझे मूर्ख समझने लगे, जैसे हम विश्वकर्मा सर को समझते थे; लेकिन मैं जानता था कि मूर्ख कौन है।